Federica de Cesco

Mein Sommer mit Donnervogel

Federica de Cesco
ist eine der erfolgreichsten Jugendbuchautorinnen deutscher Sprache. Die fließend Französisch, Italiensch und Deutsch sprechende Autorin hat es nie lange an einem Ort ausgehalten. Sie hat zahlreiche Länder auf allen Kontinenten bereist und oft mehrere Monate in fremden Kulturen gelebt. Ihre Bücher wurden in viele Sprachen übersetzt und mehrfach ausgezeichnet.

Von der Autorin Federica de Cesco ist bei Ensslin ebenfalls erschienen:
Marie reitet wie der Wind

Federica de Cesco

Mein Sommer mit Donnervogel

ENSSLIN

In neuer Rechtschreibung

1. Auflage 2005

Erstmals erschienen 1981 im Verlag AARE, Solothurn
Einbandillustration: Silvia Christoph
Gesamtherstellung: westermann druck GmbH, Braunschweig
ISBN 3-401-45204-5

www.arena-verlag.de

1

Die Geschichte, die ich erzählen will, habe ich nicht erfunden, sondern wirklich erlebt.

Wir waren damals in eine kleine Stadt am Bodensee gezogen und bewohnten ein Haus am Rande einer neuen Siedlung. In den letzten Jahren war in dieser Gegend viel gebaut worden und eine ganze Reihe Hochhäuser erhob sich mitten auf der Wiese wie Zahnstümpfe im Mund eines alten Opas! Sogar vor dem Schlafzimmer meiner Eltern türmten sich die scheußlichen Wohnblöcke auf und versperrten jede Fernsicht. Dafür aber wurde man im Wohnzimmer entschädigt: Hier war der Blick frei auf den See, einen großen Wald und auf die Berge.

Mein Zimmer hatte ich selbst eingerichtet. Großmutters alter Schrank war zwar nicht gerade schön, doch konnte ich allerlei darin verstauen. Meine Patin hatte mir eine echte Berberdecke aus Marokko geschenkt, die nun über meinem Bett hing. Mein ganzer Stolz war ein eigener CD-Spieler und mit wenig Liebe hatte ich am Fenster auch ein paar Kakteen gezogen.

Pferde waren meine Lieblingstiere, und so hatte ich denn jeden freien Fleck meiner vier Wände mit Pferdeposters beklebt. Reiten zu lernen und selbst mal ein Pferd zu besitzen war mein größter Wunschtraum.

Ich wurde zwölf und sollte im nächsten Jahr ins Gymnasium gehen. Zum Glück würden Aline, meine beste Freundin, und ihr Bruder Michael ebenfalls mit mir aus der Realschule wechseln.

Dort, wo wir jetzt wohnten, gefiel es mir gut. Der Wald fing gleich hinter dem Haus an. Ein schmaler Fußweg führte zu einem Platz, wo sich ein Kaufhaus, eine Garage und die Post befanden. Gleich dahinter, auf dem Sportplatz, traf ich mich jeden freien Nachmittag mit meiner »Clique«. Wir spielten Basketball oder fuhren mit unseren Inlinern und die Größeren protzten mit ihren Mofas. Ich erinnere mich noch genau an jenen Mittwochnachmittag im Frühling. Die Bäume und Büsche standen in frischem Grün. Bienen summten in der Luft und über die Wiese schaukelten Schmetterlinge. Eigentlich wollte ich zum Sportplatz, aber da ich Zeit hatte, machte ich einen Umweg. Plötzlich überkam mich die Lust, das Gelände zu »erforschen«. Wir wohnten ja erst seit drei Monaten hier. So bog ich also vom Weg ab und zwängte mich durchs Gebüsch. Eine Weile stieg ich über Wurzeln und Baumstämme. Auf einmal lichtete sich der Wald: Vor mir lag eine mit Gänseblümchen übersäte Wiese. Vielleicht war ich schon mal im Winter hier vorbeigekommen, aber im Schnee sah natürlich alles ganz anders aus. Auf der anderen Seite standen blühende Apfelbäume. Ich ging über das weiche hellgrüne Gras.

Auf einmal versperrte mir ein Stacheldrahtzaun den Weg. Aha! Privatbesitz! Leider hatten Privatbesitze schon immer eine unwiderstehliche Anziehungskraft auf mich ausgeübt. Schilder mit der Aufschrift »Betreten verboten« interessierten mich brennend: Ich hätte immer zu gerne gewusst, was dahinter lag. Meine Neugierde hatte mir allerdings schon mal einen üblen Streich gespielt: Das war im vorigen Jahr gewesen. Ich war über eine Mauer geklettert, um eine Villa, von der ich nur das Dach sehen konnte, näher zu betrachten. Kaum war ich auf der anderen Seite heruntergesprungen, als sich mir ein bellender Schäferhund entgegenstürzte! Im gleichen Atemzug war ich wieder nach oben geklettert, aber nicht schnell genug; das Monster hatte nach mir geschnappt und sich in meinem Turnschuh verbissen. Zum Glück war mein Fuß aus dem Schuh gerutscht, sodass ich heil entkommen konnte. Da war ich nun machtlos oben auf der Mauer gesessen und hatte mit Herzklopfen zugesehen, wie der Hund, knurrend vor Wut, meinen Turnschuh zu Fetzen riss.

Da stand ich also neuerdings vor einer Abzäunung und wusste nicht recht: hindurchkriechen oder nicht? Schließlich konnte ich der Versuchung nicht länger widerstehen. Ich warf meinen Sportsack über den Zaun, bückte mich und zwängte mich durch den Stacheldraht. Natürlich blieb mein T-Shirt an einer Stacheldrahtspitze hängen. Ich zerrte ungeduldig an dem Stoff und riss mir ein Loch in den Ärmel. Zerzaust und schwitzend richtete ich mich auf, packte meinen Sportsack und stapfte auf die Apfelbäume zu. Dann folgte ich einem Pfad, der sich durch hohes Gras schlängelte.

Schließlich bahnte ich mir einen Weg durch Sträucher und blieb plötzlich wie angewurzelt stehen: Vor mir, auf einer Lichtung, weidete ein Pferd.

Ein wahres Prachtstier – groß, rostbraun, mit einer glänzend schwarzen Mähne und einem langen Schweif. Mit gespitzten Ohren wandte es sich mir zu, als wollte es fragen: »Was willst du denn hier?« Dann senkte es wieder den Kopf und graste seelenruhig weiter. Ich wagte mich einen Schritt vor. Sogleich hob es wieder den Kopf und blähte die Nüstern. Behutsam näherte ich mich dem Tier und streckte die Hand aus, um es zu streicheln. Es schien nichts dagegen zu haben und drohte auch nicht mir den Fuß abzubeißen. Die Pferdehaare blieben an meinen Fingern hängen. Ich klopfte seinen Hals und setzte dann meinen Weg fort. Sogleich wandte das Pferd sich um, folgte mir auf den Fersen und beschnüffelte meinen Sportsack.

»Tut mir Leid«, sagte ich, »da ist nichts für dich drin! Wenn ich gewusst hätte, dass ich dich hier antreffen würde, hätte ich Salz mitgenommen!«

Der Pfad führte zu einem Gehöft. Durch die Äste einer Eiche schimmerte ein Ziegeldach. Als ich mich näher heranwagte, erblickte ich ein niedriges

Natursteinhaus mit angebauter Scheune. Ein Hahn stolzierte über den Hof und ein paar Hühner scharrten im Sand. Geranien schmückten die Fensterbänke. Obwohl ich nirgends einen Hund sehen konnte, war ich auf alles gefasst. Da trat eine Frau mit einem Korb am Arm aus der Haustür. Sie sah mich und blieb überrascht stehen. Was macht man nur, wenn man auf einem fremden Grundstück ertappt wird?, fuhr es mir durch meinen hochroten Kopf. Ich setzte mein einfältigstes Grinsen auf.

»Guten Tag! Entschuldigen Sie, ich . . . ich habe mich verirrt!«

»Wo willst du denn hin?«, fragte sie.

»Zum Sportplatz!« erwiderte ich. Schließlich war das keine Lüge.

»Der liegt genau in der entgegengesetzten Richtung«, sagte sie und schien nicht verärgert zu sein. Sie war klein, dünn und ziemlich alt; ihr freundliches Gesicht war dicht mit Sommersprossen übersät. Aber in ihren roten Jeans und dem zerknitterten Männerhemd wirkte sie dennoch jugendlich. Das dunkelbraune Haar war zu einem Knoten aufgesteckt und ein paar Strähnen fielen ihr ins Gesicht.

»Komm, ich zeige dir den Weg«, fuhr sie fort, stellte den Korb auf eine Bank und gab mir ein Zeichen, ihr zu folgen.

Ich ging hinter ihr her und versuchte unbefangen zu reden. »Ich habe vorhin ein Pferd gesehen. Gehört das Ihnen?«

»Ach so«, sagte die Frau, »dann ist dir Donnervogel begegnet.«

»Warum heißt das Pferd Donnervogel?«, wollte ich wissen.

»Weil es früher Roswitha hieß und wir den Namen nicht mochten.«, erklärte die Frau.

»Donnervogel klingt besser«, sagte ich.

»Ja, das finden wir auch, mein Mann braucht sie nämlich für seinen Unterricht.«

Ich bekam wieder rote Ohren, aber diesmal nicht vor Verlegenheit, sondern vor Aufregung. »Für was für einen Unterricht?«

»Wir haben im Sinn, eine Reitschule zu eröffnen. Das Gelände eignet sich vorzüglich dazu.«

»Eine Reitschule?« Ich starrte sie an. »Kann . . . kann da jeder mitmachen?«

»Natürlich.« Sie lächelte und nannte mir den Preis für eine Stunde, der mir nicht übertrieben hoch erschien. Das konnte ich sogar von meinem ersparten Taschengeld bezahlen. Dann musste ich aber auf die CDs, die ich kaufen wollte, verzichten. Aber war Reiten nicht schon immer mein sehnlichster Wunsch gewesen? Schließlich konnte ich mir ja die Hitparade im Radio anhören. Die Begeisterung musste in meinem Gesicht gestanden haben, denn sie fragte: »Hättest du auch Lust, zu kommen?«

»Ja, und ob!«, entfuhr es mir wie aus der Pistole geschossen.

»Wau, wau!«, ertönte es hinter mir.

Ich fuhr herum. Ein schwarzer, strubbeliger Cocker stürzte aus dem Scheunentor heraus. Die Hühnerschar stob gackernd nach allen Seiten auseinander. Ach du Schreck! Da war also doch ein Hund! Ich wich zurück und wäre am liebsten auf den nächsten Baum geklettert!

»Hab keine Angst, der beißt nicht!«, sagte die Frau.

Hinter dem Hund trat ein großer Mann aus der Scheune. Er hatte eine mächtige Adlernase und sein Gesicht war voller Runzeln. Mit der Pfeife im Mund sah er genauso aus wie die Indianerhäuptlinge, die ich vom Fernsehen her in Erinnerung hatte. Die Federkrone fehlte ihm leider, aber immerhin hatte er ein Pferd, das Donnervogel hieß.

»Da ist ein Mädchen, das sich für Reitstunden interessiert«, rief die Frau ihm zu.

Der »Indianer« grüßte mich und nannte seinen Namen. Er hieß weder Luchsauge noch Pumakralle, sondern schlicht Herr Meier.

»Und wie heißt denn du?«, wollte er wissen.

»Sandra Blum«, sagte ich etwas verlegen, weil ich vergessen hatte mich vorzustellen.

Er erklärte mir seinen Plan, eine Reitschule für Kinder zu eröffnen. Im Augenblick besaß er nur ein einziges Pferd, Donnervogel, aber er beabsichtigte im Laufe des Monats mindestens noch zwei weitere Tiere anzuschaffen. Wahrscheinlich strahlte ich übers ganze Gesicht wie eine Glühbirne. Selbst der Cocker, der meine Beine beschnupperte, wurde mir sympathisch. Ich kraulte ihn hinter den Ohren.

»Wie heißt er?«

»Tommy«, gab Frau Meier zurück.

»Wann möchtest du denn die erste Reitstunde nehmen?«, fragte ihr Mann.

Am liebsten hätte ich gesagt: »Sofort!« Aber ich dachte an Aline und Michael, die mich auf dem Sportplatz erwarteten. Außerdem war mir die

Schule im Weg. »Am Freitagnachmittag!«, rief ich kühn entschlossen.

»Werden denn deine Eltern damit einverstanden sein?«, fragte Frau Meier.

Ach ja, die Eltern! An deren Erlaubnis hatte ich natürlich nicht gedacht. Das war mal wieder typisch: Ich rannte immer mit der ganzen Tür ins Haus. Aber da machte ich mir keine Sorgen: Mit meinen Eltern konnte ich reden. Ich musste nur eine Möglichkeit finden, um ein bisschen mehr Taschengeld zu kriegen.

»Die werden schon nichts dagegen haben!«, sagte ich überzeugt.

»Wunderbar!«, sagte Frau Meier. »Dann wirst du also unsere erste Schülerin sein.«

Wir einigten uns auf drei Uhr nachmittags und ich verabschiedete mich. Frau Meier wollte mir noch den Weg zeigen. Ich hatte schon ganz vergessen, dass ich mich angeblich »verirrt« hatte. Sie fragte mich, ob ich denn das erste Mal reiten würde.

Ich verneinte und erzählte ihr, dass ich vor drei Jahren in den Ferien auf einem dicken Ackergaul ausgeritten sei. »Das Pferd war nicht mehr gut zum Reiten, es war schon viel zu alt. Ich rutschte immer wieder wie ein Kartoffelsack von einer Seite auf die andere.«

Sie lachte. »Das hatte mit dem Pferd nichts zu tun! Wenn du reiten willst, musst du zuerst die Balance beherrschen.«

»Was ist denn das?«

»Das ist ein Fachausdruck und heißt so viel wie ›Gleichgewicht‹. Mein Mann wird dir das am Freitag erklären.« Sie streckte den Arm aus. »Da vorne ist das Tor!«

»Ich kann auch unter dem Stacheldraht hindurchkriechen!«, sagte ich zerstreut.

»Das ist natürlich der kürzeste Weg«, antwortete sie, »aber dabei zerreißt du dir leicht deine Sachen!« Sie zeigte auf das Loch im Ärmel, kniff schmunzelnd ein Auge zu und ließ mich stehen, bevor ich eine passende Antwort fand.

Ich ging durch das Tor hinaus.

2

Ich kam außer Atem auf dem Sportplatz an. Meine Freundin Aline hatte schon ihre Inliner angeschnallt und drehte mit weit ausholenden Schritten graziös ihre Runden.

Aline war vier Monate älter als ich, hatte einen Wuschelkopf und Augen wie schwarze Brombeeren. Ihr Bruder Michael glich ihr nur wenig, obwohl sie Zwillinge waren. Er hatte zudem die Angewohnheit, seine weichen, glatten Haare, die ihm immer in die Stirn fielen, mit einer ruckartigen Kopfbewegung zurückzuwerfen. Die Stupsnase und seine lachenden Augen fand ich richtig süß.

Die beiden Geschwister gingen natürlich in die gleiche Klasse, aber Aline erzählte immer voller

Stolz, dass sie eine halbe Stunde älter sei als Michael.

Ich mochte Michael sehr, sogar mehr noch als Aline. Vielleicht war ich ein bisschen in ihn verliebt, denn jedes Mal, wenn ich ihn sah, war es mir ganz komisch zu Mute, und wenn ich einen bestimmten Disco-Song hörte, kam mir immer nur Michael in den Sinn. Ein Foto hatte ich auch von ihm; eigentlich war es ein Klassenfoto, das die Lehrerin, Frau Walter, auf einer Schulreise geknipst hatte. Der Zufall wollte es, dass ich neben Michael saß und wir uns herzlich anlachten. Meine Eltern durften das Bild nie sehen. Warum, weiß ich eigentlich auch nicht, vielleicht war es so etwas wie mein Geheimnis.

Michael schrie nicht so blöde herum wie die anderen Jungen, die sich wichtig machen wollten. Mit Aline stritt er sich viel. Sie warfen sich dauernd Schimpfworte an den Kopf, nannten sich »Esel« und »dumme Kuh«, aber irgendwie spürte man, dass sie das nicht ernst meinten und sich im Grunde sehr gern mochten. Einmal bekam Aline Mandelentzündung und zwei Tage später hatte Michael auch Fieber und musste zu Hause bleiben. Sie erzählten dann später, das sei so bei Zwillingen, die würden immer zusammen krank. Ich glaube, sie hatten sich ganz einfach gegenseitig angesteckt.

Ich sah Lea ankommen und winkte ihr zu. Sie reagierte nicht, das war mal wieder typisch: Lea war kurzsichtig wie ein Maulwurf. Sie hatte immer Angst, wie die anderen zu toben, weil sie fürchtete, ihre Brille könnte dabei kaputtgehen. Schon ein halbes Dutzend Mal hatte sie sich draufgesetzt und die Bügel verbogen.

Fast im selben Augenblick sauste Thomas auf seinem Fahrrad die Böschung herunter. Ich konnte ihn nicht ausstehen. Jungen mit kurz geschorenen Haaren sehen aus wie nasse Mäuse, vor allem, wenn sie abstehende Ohren haben. Ich mag es viel lieber, wenn sie die Haare lang tragen, so, wie Michael zum Beispiel.

»Mensch, wo hast du denn gesteckt?«, rief mir Aline schon von weitem zu.

Ich setzte mich atemlos hin, schnürte meinen Sportsack auf und schnallte die Inliner an. »Ich habe eine Entdeckung gemacht . . .«

Sie starrten mich erwartungsvoll an. »Los, erzähl doch endlich!«

Ich holte tief Luft und verkündete feierlich: »Am Freitag werde ich reiten!«

Sie rissen Mund und Augen auf und Lea rief: »Sag mal, spinnst du?«

»Ganz und gar nicht!«

»Wo willst du denn das Pferd hernehmen?«, fragte Aline.

Ich berichtete ihnen von meinem Erlebnis. Alle waren sehr beeindruckt. Nur Thomas begann laut und auffällig zu gähnen. Er gab sich Mühe, so gleichgültig wie möglich zu wirken, aber ich spürte, dass ihn die Sache interessierte. So fuhr ich großspurig fort: »Herr Meier hat gesagt, ich sei für den Reitsport außerordentlich begabt. Er meinte . . .«

Das Hohngelächter von Thomas schnitt mir das Wort ab. Und was mich vor allem in Wut versetzte: Es klang wie ein Wiehern. »Das sieht man ja schon beim Turnen! Wenn du Weitsprung machst, dann wackeln die Fensterscheiben! Warte nur ab, bis du in weitem Bogen von deinem Mustang fliegst . . . Das Loch in der Rennbahn kannst du dann allein zuscharren!«

»Und du erst! Du würdest schon gar nicht aufs Pferd raufkommen!«, fauchte ich ihn an. »Es würde dich vorher in den Hintern beißen!«

Das saß und ich hatte die Lacher auf meiner Seite.

Michael fuhr mit seinen Inlinern rückwärts eine weite Kreisbahn und gesellte sich wieder zu uns. Diese Kunst beherrschte er gut. »Was kostet denn die Stunde?«, fragte er.

Ich nannte den Preis.

Er pfiff zwischen den Zähnen. »Schade, da kann ich nicht mitmachen!«

»Wir haben ja bald Geburtstag!«, rief Aline. »Wir können uns ja von der ganzen Verwandtschaft Geld für die Reitstunden wünschen!«

»Ich kann mir schon fünf Stunden leisten«, sagte ich.

»Und dann?«, fragte Aline.

Ich hob die Schultern. »Dann werde ich weitersehen!«

»Reiten ist sowieso ein blöder Sport«, meinte Thomas. »Ich spiele lieber Fußball. Heute wird ernsthaft trainiert.«

»Ja, dann streng dich mal an!«, gab ich ihm spitz zurück.

»Was sagen denn deine Eltern dazu?«, fragte mich inzwischen Aline.

»Oh, die . . .«, stotterte ich, »die wissen es noch gar nicht!«

Brüllendes Gelächter war die Antwort. Selbst Michael lachte derart, dass er sich an die Wand lehnen musste, um nicht der Länge nach hinzufallen.

»Na, dann sieh nur zu, dass du die Erlaubnis kriegst!«, höhnte Thomas. »Zuerst gibst du haushoch an und dann heißt es womöglich: ›Ich darf nicht!‹« Er äffte mich nach.

Ich bin in Italien geboren und habe einen Akzent. Wenn man sich darüber lustig macht, werde ich wild. So sprang ich auf und warf meinen Sportsack nach ihm. Thomas aber bückte sich blitzschnell und der Sportsack traf Michael mitten ins Gesicht. Er taumelte und versuchte verzweifelt sein Gleichgewicht zu behalten.

Rot wie eine Tomate entschuldigte ich mich: »Ich . . . ich hab das nicht gewollt . . .«

»Ist schon in Ordnung«, sagte Michael verständnisvoll und rieb sich die Nase.

Ob er wohl ahnte, dass ich in ihn verliebt war? Die anderen hatten es jedenfalls schon längst bemerkt, denn alle kicherten und Thomas kreischte vor Vergnügen. »Sie entschuldigt sich . . . ach, wie lieb! Gleich heult sie obendrein noch los!«

»Hör doch nicht auf diesen geschorenen Affen!«, rief Aline, die Thomas auch nicht ausstehen konnte.

Thomas wusste nun, dass es reichte, schwang sich auf sein Fahrrad und fuhr jaulend den Weg hinunter.

»Wetten, dass ich reiten darf!«, schrie ich ihm herausfordernd nach.

»Toll«, sagte Lea hinter meinem Rücken, »hoffentlich kriegst du die Erlaubnis. Wenn deine Eltern einverstanden sind, dann dürfen wir vielleicht auch mitmachen!«

So rannte ich mit gemischten Gefühlen nach Hause, denn ich hatte alles so schön selbst entschieden.

Was meine Eltern dazu sagen würden, das war eine andere Sache.

Ich fand Papa unten auf dem Parkplatz. Er war mit unserem Fiat beschäftigt. Neben ihm auf dem Boden stand der Werkzeugkasten.

»Papa«, rief ich aufgeregt, »ich muss dich was fragen!«

Papa tauchte unter der offenen Motorhaube auf. Er hatte die Hände voller Schmieröl. Papa ist sehr groß und mager. Wenn er sich hinsetzt, klappt er wie ein Taschenmesser zusammen und man sieht seine spitzen Knie durch den Hosenstoff. Er hat dichtes, krauses Haar und viele Lachfalten im Gesicht. »Hallo, Sandra, ist denn das so eilig?«, fragte er.

Ich nickte, erhitzt und außer Atem. »Ich . . . ich möchte gerne Reitstunden nehmen!«

»Reitstunden?«

Papa sah mich beinahe so entsetzt an, als hätte ich gesagt: »Ich will Fallschirmspringen lernen!« Ich sprudelte die ganze Geschichte heraus. Papa ist irgendwie wie Michael; er verliert selten die Ruhe. Auch diesmal hörte er mich geduldig an und wischte sich die geschwärzten Hände an einem Lappen ab. Schließlich sagte er: »Ich persönlich habe nichts dagegen. Aber Mama hat auch noch ein Wort mitzureden.«

Ich jubelte vor Begeisterung und flog ihm um den Hals. Er lachte und hielt mich zurück. »Pass auf! Ich bin voll Schmieröl!«

Er tauchte wieder im Motorraum unter. Ich rannte ins Haus und nahm den Lift bis zum vierten Stock. Mama war in der Küche und bereitete das Abendessen zu. Es roch gut. »Ravioli!«, dachte ich sofort. Ich lief in die Küche und trug meine Geschichte zum dritten Mal vor. Ich redete noch schneller als sonst und brachte alles durcheinander. Das tat ich bewusst, denn Mama ist immer ein bisschen ängstlich. Sie machte ja auch die Hausarbeiten immer so langsam und entsetzlich gründlich, wenn sie mittags vom Büro nach Hause kam. Ich möchte nie so werden wie sie, das geht mir auf die Nerven.

». . . Papa hat gesagt, dass ich von ihm aus darf«, beendete ich meinen Wortschwall. »Aber ich soll dich vorher auch fragen. Du bist doch einverstanden, nicht wahr? Ich darf?«

Mama war völlig überrumpelt, so heftig war ich mit der Türe ins Haus gestürzt. Sie brauchte einige Augenblicke, um sich zu fassen und ihre Einwände vorzubringen: »Und wenn du herunterfällst und dir die Knochen brichst?«

»Wenn ich die Balance beherrsche, dann kann mir gar nichts mehr passieren, hat mir Frau Meier erklärt!«, entgegnete ich.

»Warum kann dir dann nichts mehr passieren?«, seufzte sie, als sähe sie mich schon mit einem Gipsbein im Krankenhaus liegen.

»Das ist ein Fachausdruck«, sagte ich stolz und erklärte ihn meiner Mutter.

Aber das nützte wenig, denn nun begann Mama, alle möglichen und unmöglichen Gefahren des Reitsports aufzuzählen. Ein wahrer Hagelregen von Bedenken ging auf mich nieder, so war es immer, wenn ich mit neuen Ideen zu ihr kam.

»Was geschieht, wenn das Pferd plötzlich mit dir durchgeht? Und wenn du auf den Kopf stürzt und dir eine Gehirnerschütterung zuziehst? Außerdem ermüdet das Reiten, und du bist sowieso mit der Schule überlastet. Vergiss nicht, dass du aufs Gymnasium sollst . . .«

Das war eine schöne Rede, aber ich wusste, wie ich Mama zu nehmen hatte und ging sofort zum Gegenangriff über.

»Mama, bitte! Tu mir den Gefallen! Ich verspreche dir, in Zukunft mein Zimmer immer selbst aufzuräumen. Ich werde Papa beim Abwaschen helfen und für dich einkaufen gehen. Und die Zähne putze ich nun jeden Tag, ohne dass du mich mehrmals dazu auffordern musst. Auch meine Schularbeiten werde ich mit mehr Fleiß und Sorgfalt machen . . .«

Das war ein bisschen viel auf einmal. Ich tanzte um sie herum, bettelte und schmeichelte und hätte ihr das Blaue vom Himmel herunter versprochen, wenn es nötig gewesen wäre. Hauptsache, ich bekam meinen Willen.

»Halt, halt!« Mama lachte – das war ein gutes Zeichen. »Versprich nicht, was du nicht halten kannst. Ich kenne dich.«

»Darf ich? Sag, Mama, darf ich?«, drängte ich.

Mama holte tief Luft. Ich hatte mit meiner Zungenfertigkeit ihren Widerstand gebrochen. »Also gut, du kannst ja mal eine Stunde nehmen. Ob du dann weitermachen darfst, hängt davon ab, wie du dich aufführst.«

Hurra, das Spiel war gewonnen! Ich kreischte vor Freude, jagte durch alle Zimmer, warf mich auf sämtliche Betten und strampelte mit den Füßen in der Luft herum.

Mama lief hinter mir her. Sie hatte Angst, dass ich etwas umwerfen würde. »Wann lernst du endlich dich zu beherrschen? Wie oft habe ich dir schon gesagt, dass du nicht so laut schreien sollst. Und wälze dich nicht so auf dem Bett herum, du verknautscht mir ja die ganze Steppdecke!

Ich kam rot und zerzaust wieder auf die Beine, hob feierlich die Hand und sagte: »Ich verspreche dir Wort zu halten!«

Daraufhin tat ich so, als ob ich auf den Boden spucken würde, um mein Versprechen zu besiegeln, was Mama natürlich leicht zusammenfahren ließ.

»Wenn das nur wahr würde!«, seufzte sie ziemlich illusionslos.

3

Die zwei folgenden Tage krochen dahin wie zwei klebrige Schnecken. Ich konnte das große Abenteuer kaum erwarten und war auch zu nichts Nützlichem zu gebrauchen.

Endlich war der Freitag da. In der Nacht hatte ich kaum geschlafen. Infolgedessen saß ich am Morgen todmüde auf der Schulbank und döste mit offenen Augen vor mich hin. Wir hatten Rechnen. Frau Walter erzählte etwas von einem Kreis mit einem Durchmesser von 73 Zentimetern.

In meinem Kopf wurde er natürlich sofort zur schönsten Rennbahn. Ich sah nur noch Pferde: Rappen, Füchse, Schimmel; grasende, trabende und galoppierende!

Aline, Michael und die anderen waren sehr gespannt, wie meine erste Reitstunde verlaufen würde. Ich musste versprechen, ihnen alles ganz genau zu erzählen. Thomas kuschte. Es beeindruckte ihn wohl, dass ich entgegen seinen Foppereien von meinen Eltern die Erlaubnis erhalten hatte.

Endlich läutete es. Ich raste nach Hause. Ich erinnere mich noch gut, was es zum Mittagessen gab: Hackfleisch mit Reis und Erbsen. Das mochte ich nicht besonders. Ich würgte aber doch ein paar Bissen hinunter. Nachdem ich Papa beim Abwaschen geholfen hatte – versprochen ist versprochen! –, machte ich mich auf den Weg. Herr Meier erwartete mich schon. Er trug Reithose und Stiefel. So sah er aus wie Sitting Bull und ich hätte ihn am liebsten gefragt, warum er keinen Federschmuck trug. Er hatte doch genug Hühner, um sich einen zu basteln!

Donnervogel stand gestriegelt und gesattelt vor dem Haus. Herr Meier reichte mir die Zügel. »Du kannst sie selbst führen!«

Ich schielte auf Donnervogels feuchtes Maul. Sie hatte lange Barthaare und zwischen den schleimigen Lippen glänzten große gelbe Zähne. Ein bisschen Angst hatte ich schon, aber ich wagte doch nicht zu fragen, ob sie beiße. Ich wollte mutig sein und Herrn Meier keinen Anlass geben, über mich zu lächeln. Also packte ich die Zügel und ging würdevoll neben meinem Reitlehrer her. Donnervogel hatte sich gleichzeitig mit uns in Bewegung gesetzt. Ich staunte: Sie war ja folgsam wie ein Lamm.

Hinter dem Gemüsegarten lag ein großes, offenes Gelände. Die Erde war locker und weich. Herr Meier richtete Donnervogels Steigbügel, indem er die Gurte an meiner Armlänge maß. Mir wurde plötzlich klar, dass ja ich die Reiterin sein sollte, und aus einem unerklärlichen Grund begannen meine Knie zu wackeln.

»Finden Sie nicht auch«, fragte ich Herrn Meier zaghaft, »dass Donnervogel ein besonders großes Pferd ist?«

»Wie kommst du darauf?«, antwortete dieser. »Donnervogel ist eine ganz normale, mittelgroße Stute.«

Er erklärte mir, wie ich aufsteigen musste, und ich verstand kein einziges Wort. Ich hatte einen trockenen Gaumen und feuchte Hände. Es war wirklich beschämend, solche Angst zu haben! Zum Glück sah mir niemand von der Clique zu!

»Hast du verstanden?«, fragte schließlich Herr Meier.

Ich sagte: »Ja, ja«, aber ich hatte keine Ahnung, worum es ging. Es war genauso wie heute im Rechenunterricht.

»Komm«, fuhr Herr Meier fort, »ich helfe dir in den Sattel!«

Ich schluckte leer, ergriff die Zügel, die er mir reichte, und versuchte den Fuß in den Steigbügel zu setzen. Herr Meier stützte mich. Ich brach in Schweiß aus. So mühsam hatte ich mir das Aufsteigen dann doch nicht vorgestellt! Wie machten das bloß die Cowboys im Film? Die schwangen elegant das Bein, und hopp, saßen sie oben. Mein Hintern schien mit Blei belastet.

Der Sattel war hart, unbequem und wackelig. Ich versuchte die Zügel so zu halten, wie Herr Meier es mir gezeigt hatte. Vorsichtig stieß ich meine Absätze in Donnervogels Bauch. Donnervogel machte einen Sprung vorwärts und ich quietschte vor Schreck.

»Hilfe! Sie geht mit mir durch!«

Herr Meier schüttelte lachend den Kopf. »Nur ruhig bleiben! Donnervogel hat eben gemerkt, dass du eine Anfängerin bist. Halte die Zügel straff.

Nicht zu sehr . . . Jawohl, gut so! Und denke an deine Haltung: immer schön gerade sitzen!«

Ich reckte die Schultern, zog das Kinn ein und drückte die Absätze in Donnervogels Flanken. Nichts, es geschah nichts! Donnervogel glich einem Standbild auf einem Sockel und rührte sich nicht vom Fleck. Und jetzt? Da fiel mir ein, irgendwo mal gelesen zu haben: »Mit einem Zungenschnalzen brachte er sein Reittier in Gang.« Also schnalzte ich mit der Zunge. Es klang, als hätte ich eine Flasche entkorkt, doch Donnervogel, statt sich in Bewegung zu setzen, spitzte nur die Ohren. Ich schnalzte noch einmal: »Plop!«, doch Donnervogel ließ nur ein gelangweiltes Rülpsen hören.

Das war zu viel! Ich verlor die Geduld, hob beide Beine und knallte sie in Donnervogels Bauch. »Nun renn doch endlich los, du blödes Vieh!«

Das wirkte. Donnervogels Rücken spannte sich. Der Sprung, mit dem sie vorwärts schnellte, nahm mir das Gleichgewicht. Fast wäre ich aus dem Sattel gekippt! Ich kreischte vor Angst und riss die Zügel an mich. Sofort blieb Donnervogel stehen und schüttelte mit verärgertem Schnauben den Kopf. Ich schien ihr furchtbar auf die Nerven zu gehen.

»Anfänger machen alle den gleichen Fehler«, sagte Herr Meier. »Sie wollen sofort galoppieren. Das hat überhaupt keinen Sinn. Du musst zuerst traben, um die Balance zu lernen.«

Er packte Donnervogels Zügel, schnalzte mit der Zunge – genau wie mein Romanheld –, und siehe da: Es klappte! Donnervogel setzte sich in Trab. Ich rutschte von einer Seite zur anderen und hatte das Gefühl, dass alle meine inneren Organe durcheinander hopsten.

»Das Kreuz locker machen! Ganz locker!«, forderte mich Herr Meier auf. »Verkrampf dich nicht! Lass dich hin und her schütteln. Stell dir vor, du seist ein alter Waschlappen. So, schön locker . . ., locker!«

Das war ich also, ein alter Waschlappen. Und ich dachte, ich sei Wildwest-Annie oder Turga, die Prinzessin der Mongolen!

»Locker . . . ganz locker!«, hörte ich Herrn Meiers Stimme neben mir, während ich schwitzend und stöhnend im Kreis trabte.

Gegenüber dem Haus wurde das Gelände von einer Rosenhecke abgeschlossen. Als Donnervogel zum zehnten Mal da vorbeitrabte, blieb sie mit einem unerwarteten Ruck stehen, streckte den Hals vor und begann seelenruhig von den grünen Blättern abzurupfen.

Turga, die Prinzessin der Mongolen, hing blöde im Sattel und wusste nicht, was sie machen sollte.

»Hab keine Angst!«, rief mein Reitlehrer. »Zeig ihr, dass dein Wille stärker ist! Halt die Zügel straff! Vorwärts!«

Wildwest-Annie hatte keine Angst, aber das Pferd, das sie ritt, war dickschädeliger als sie. Sie stieß mit den Absätzen, zerrte, schob, wurde rot im Gesicht wie ein gekochter Hummer. Schließlich riss ihr die Geduld: Sie drehte sich im Sattel um und versetzte Donnervogel einen Schlag mit der flachen Hand auf die Kruppe. Sie hätte genauso gut auf einen Zementblock hauen können.

»Au!«, rief ich und presste die schmerzenden Finger gegen den Mund. Donnervogel bewegte leicht ihren Schweif und kaute weiterhin Rosenblätter, als sei ich aus Luft.

Schließlich kam mir Herr Meier zu Hilfe: Er packte die Zügel und schnalzte mit der Zunge. Donnervogel wandte sich von der Hecke ab und folgte ihm wie ein Lamm. Es musste irgendein Trick dabei sein, den ich nicht bemerkte. Wildwest-Annie fühlte sich sehr beleidigt!

Am Samstagmorgen schlief ich bis neun. Als ich erwachte und die Füße auf den Boden setzte, brach ich beinahe zusammen: Mein ganzer Körper war wie gerädert. So sehr hatten mich meine Glieder noch nie geschmerzt. Ich spürte wirklich jeden Knochen.

Wimmernd schleppte ich mich ins Badezimmer und wusch mir das Gesicht, »Au!«, putzte mir die Zähne, »Ai!«, und kämmte mich, »Ui, ui! . . .«

»Was ist denn mit dir los?«, rief Mama verblüfft, als sie mich wie eine schwabbelige Ackerschnecke in die Küche kriechen sah.

»Au!«, jammerte ich. »Ai! Ui!«

Papa hob den Kopf über den Rand der Samstagszeitung und fragte mit gespielter Überraschung: »Du hast doch nicht etwa Rückenschmerzen?«

»Aaaaaa!«, stöhnte ich.

Mama stellte mir einen Becher mit heißer Milch hin und ich gab zwei Löffel Schokoladenpulver hinein.

Papa zwinkerte mir zu. »Du, Sandra, es regnet! Hast du nicht Lust, heute Morgen mit mir die Garage aufzuräumen?«

»Bääääää!«, blökte ich.

Mama röstete Toast und fügte in beiläufigem Ton

hinzu: »Du hast mir versprochen im Haushalt zu helfen. Du bist so lieb und fängst nach dem Frühstück gleich an die Betten zu machen!«

Ich biss mir auf die Lippen und gab keinen Mucks mehr von mir. Da hatte ich mir ja etwas Schönes eingebrockt!

4

Am Montag hatte ich immer noch Muskelkater, aber ich konnte wenigstens wieder gehen, ohne bei jedem Schritt Urlaute auszustoßen.

Wie an jedem Morgen traf ich Aline, Michael und Lea vor dem Kiosk. Sie waren immer als Erste da, obwohl sie einen längeren Schulweg hatten als ich.

»Los, erzähle! Wie war's?«, bedrängte mich Aline sogleich.

Ich schielte zu Michael; er trug diesen Morgen einen kornblumenblauen Pulli. Was war schon dabei, wenn ich noch das Blaue vom Himmel herunterschwatzte – jetzt nur nicht das Gesicht verlieren!

»Phantastisch war's! Ich konnte beim ersten Mal schon traben und galoppieren!«

Aline blieb der Mund offen. »Mensch! Wie fühlt man sich denn auf einem Pferd?«

Ich setzte ein Lächeln auf, das zugleich überlegen und bescheiden wirken sollte. »Wie soll ich es erklären? Das Gefühl ist einmalig. Ein Pferd ist schließlich ein starkes Tier, ähnlich stark wie . . . wie . . .«

»Wie ein Elefant?«, meinte Lea.

»Ja, ungefähr so, wie ein Elefant! Und trotzdem tut es genau das, was man will. Ich kann es nach rechts, links, vorwärts und rückwärts lenken!«

»Du bist rückwärts geritten?«, krähte jemand hinter mir.

Ich fuhr herum. Thomas hatte sich mit seinem Fahrrad von hinten herangeschlichen und musste meine letzten Worte gehört haben. Ich wurde rot wie eine Tomate. »Nun ja . . . ich hätte es wenigstens gekonnt, wenn ich gewollt hätte!«

»Und warum hast du es nicht gewollt?« Thomas wackelte mit den Ohren. Das tat er immer, wenn er jemanden in Verlegenheit bringen wollte.

»Aber doch nicht gleich beim ersten Mal!«, gab ich wütend zurück.

»Aber du hast doch gerade gesagt, dass du . . .«

»Ach, halt die Klappe!«

»Kann einem beim Reiten wohl die Brille herunterfallen?« Das war Lea. Ich war ihr dankbar für die Ablenkung.

»Die rutscht dir höchstens ein bisschen tiefer auf die Nase.«

»Wann hast du deine nächste Reitstunde?«, fragte Michael.

»Am Mittwoch!«

Er tauschte einen Blick mit seiner Schwester und Aline sagte: »Wir wollen schauen, dass wir auch mitkommen können!«

»Ich auch!«, rief Lea.

Thomas radelte im Zickzack vor uns her. »Ihr spinnt ja alle. Reiten braucht man doch nicht zu lernen. Man setzt sich einfach auf das Ross, und hü!«

»Du kannst ja mal einen Versuch machen«, sagte ich.

»Was sollte ich mit deinem lahmen Sonntagsgaul anfangen? Mich interessieren nur ungezähmte Mustangs!«

»Bravo!«, sagte ich. »Die lassen sich auch am besten rückwärts lenken!«

Am nächsten Tag kamen Aline, Michael und Lea freudestrahlend in die Schule. Sie hatten ebenfalls die Erlaubnis erhalten, Reitstunden zu nehmen. Ich freute mich zwar, dass sie mitkamen, aber warum musste es schon jetzt sein? Nun konnte ich ihnen nichts mehr vormachen.

Wildwest-Annie wurde auf einmal sehr kleinlaut. »Eigentlich . . . im Grunde bin ich in der ersten Stunde nur getrabt. Herr Meier sagte, das sei wichtig, um die Balance zu lernen.«

»Du bist also noch nicht galoppiert?«, fragte Lea, ganz enttäuscht.

»Doch . . . das heißt . . . Donnervogel galoppierte ein bisschen. Ich meine . . ., sie hat das von selbst getan . . .«

Michael kam mir zu Hilfe. »Ich finde das cool, wenn wir alle zusammen reiten lernen. Sonst reiten die einen gut und die anderen schlecht, und dann macht die Sache viel weniger Spaß.«

Wildwest-Annie fand die Bemerkung sehr weise. Sie wäre ihm am liebsten um den Hals gefallen und auf einem ungezähmten Mustang mit ihm losgeritten. Aber zuerst musste sie die Balance beherrschen.

Am Mittwochnachmittag machten wir uns also auf den Weg: Aline, Michael, Lea und ich. Herr Meier war hoch erfreut, als er uns zu viert anrücken sah. Er erzählte uns gleich, dass er noch drei andere Pferde gekauft habe, die nächste Woche eintreffen würden.

»Toll!«, rief Aline. »Dann können wir alle gemeinsam bei Ihnen Unterricht nehmen.«

Michaels Augen leuchteten. »Dürfen wir dann richtig ausreiten?«

Herr Meier kaute an seiner Pfeife und lachte. Er hatte ebenso gelbe Zähne wie sein Pferd. »Geduld, Geduld! Das gestatte ich erst, wenn ihr gute Reiter seid!«

Neugierig blickte ich nach allen Seiten. »Wo ist denn Donnervogel?«

In diesem Augenblick erschien Frau Meier mit dem Sattel über dem Arm in der Stalltür. Sie trug wie üblich Jeans, Gummistiefel und ein Männerhemd. Tommy, der schwarze Cocker, kam wedelnd auf uns zu und ließ sich streicheln.

»Donnervogel ist im Stall«, antwortete Frau Meier auf meine Frage. »Komm! Du sollst heute lernen dein Pferd selbst zu satteln.«

»Ist denn das nötig?«, fragte ich blöde.

»Ein guter Reiter sattelt sein Pferd immer selbst«, warf mein Reitlehrer ein.

Er führte uns in den Stall, in dem es nach Staub und Heu roch. Donnervogel stand in ihrer Box. Ein paar Fliegen krochen auf ihrer Nase herum. Als sie uns sah, hob sie den Kopf und ihre Ohren drehten sich vor und zurück.

Lea sah zu Herrn Meier empor und piepste kläglich: »Finden Sie nicht auch, dass Donnervogel ein auffallend großes Pferd ist?«

»Quatsch!«, antwortete ich an seiner Stelle. »Sie ist nur eine mittelgroße Stute!«

Unterdessen erklärte mir Herr Meier, wie ein Pferd richtig gesattelt wurde. Warum musste denn alles so schwierig sein? Indianer hatten es viel einfacher, da sie meistens ohne Sattel ritten. Ich kroch unter der Stange, die die Box aufteilte, durch und versuchte Donnervogel das Zaumzeug umzulegen. Donnervogel schüttelte verärgert den Kopf und zeigte ihre großen, speichelnassen Zähne.

»Ist das nicht gefährlich?«, fragte Aline. »Sie beißt ja!«

»Ein Pferd beißt nur, wenn es sich bedroht fühlt«, belehrte sie Herr Meier.

Inzwischen war es mir gelungen, das Zaumzeug anzubringen und festzuschnallen. Der Sattel war so schwer, dass ich ihn kaum halten konnte. Ich musste meine ganze Kraft darauf verwenden, ihn hochzuheben und auf Donnervogels Rücken zu werfen. Als ich den Gurt anzog, kam ich ins Schwitzen: Donnervogel blähte den Bauch so stark, dass er plötzlich wie ein Bierfass aussah.

»Warum tut sie das bloß?«, fragte ich keuchend.

Herr Meier lachte nachsichtig. »Das ist nur ein Zeichen von schlechter Laune. Du musst versuchen sie abzulenken.« Er streichelte ihr den Hals.

Ich zog mit aller Kraft an dem Gurt und brach mir dabei zwei Nägel ab. Schließlich gelang es mir, ihn zu befestigen.

Herr Meier nickte zufrieden. »Nicht schlecht für das erste Mal!«

Ich warf den anderen einen triumphierenden Blick zu. Dann führte ich Donnervogel aus dem Stall. Jetzt kam der große Augenblick: Ich musste aufsitzen, und die anderen gafften. Wie konnte sich Wildwest-Annie nur das Mitleid oder den Spott der Zuschauer ersparen? Herr Meier hielt den Steigbügel. Ich zählte im Kopf »eins, zwei, drei«, nahm einen kurzen Anlauf und sprang. Ich weiß nicht, wie ich es fertig brachte, aber schon saß ich im Sattel und hielt die Zügel fest.

»Gratuliere!«, murmelte Aline.

Michael hatte den Mund leicht offen und Lea blinzelte hinter ihren Brillengläsern. »Du . . . wie macht man das?«

»Training!«, erwiderte ich leichthin.

»Bravo!«, sagte Herr Meier. »Jetzt bist du schon viel gelockerter als das erste Mal.«

Turga, Prinzessin der Mongolen, warf ihm einen schiefen Blick zu. Diese Bemerkung hätte er sich verkneifen können.

Die Reitstunde begann. Herr Meier ließ mich zuerst die Runde der Koppel im Schritt zurücklegen. Ich hielt den Rücken kerzengerade und starrte würdevoll auf die Horizontlinie. Mein Körper folgte geschmeidig den Bewegungen des Pferdes. In Gedanken sah ich Fahnen im Wind flattern und hörte das respektvolle Murmeln der Reitknechte, das meine Leistung begleitete.

»Und jetzt das Ganze noch mal im Trab!«, befahl Herr Meier. »Nimm die Füße aus den Steigbügeln und kreuze diese vorne auf dem Sattel.«

Die mongolische Steppe zerplatzte – pffft! – wie eine Seifenblase.

»W . . . was?«, stotterte ich.

»Du sollst ohne Steigbügel traben, damit du die Balance völlig sicher zu beherrschen lernst.«

»Beherrsche ich die denn noch nicht?«, erwiderte kleinlaut Turga, Prinzessin der Mongolen.

Scheinbar nicht! Wie eine Ertrinkende klammerte sie sich an die Zügel, rutschte auf dem Sattel hin und her und kam sich vor wie ein Mehlsack.

»Traben! Traben!«, befahl Herr Meier unbarmherzig.

»Ui, ui!«, stöhnte ich. Meine Muskeln litten Qualen.

»Das nächste Mal«, rief Michael, »muss Thomas unbedingt mitkommen!«

»Interessiert sich der ebenfalls für Reitstunden?«, fragte Herr Meier.

»Ja, aber eigentlich nur, wenn er auf einem ungezähmten Mustang reiten kann!«

Herr Meier klopfte seine Pfeife an seinem Absatz aus und brummte: »So, so!« Mehr sagte er nicht.

Ich ritt immer noch im Kreis, ächzte und schwitzte.

»Traben! Traben!«, rief Aline.

»Schnauze!«, fauchte ich unhöflich zurück und schlug zerstreut meine Absätze in Donnervogels Flanken. Die Stute wieherte und jagte pfeilschnell davon. Ich quietschte wie ein Spanferkel und riss die Zügel an mich. Donnervogel blieb plötzlich wie angewurzelt stehen und senkte den Kopf. Turga, Prinzessin der Mongolen, flog im hohen Bogen über ihren Hals hinweg und landete im Gras. Sterne funkelten vor meinen Augen. Alle kamen herbeigerannt und halfen mir wieder auf die Beine.

»Au!«, jammerte ich. »Ai!«

»Hast du dir weh getan?«, fragte Herr Meier besorgt.

Ich betastete meine Knochen. Die schienen alle heil zu sein. Mein Kopf auch. Nur mein Ehrgefühl war angeschlagen.

Indessen hatte Herr Meier Donnervogel zurückgeholt. »Dann also los, steig wieder auf!«, befahl er.

Ich glaubte, ich hörte schlecht, und jaulte vor Empörung. »Oh nein! Für heute habe ich genug!«

»Ein guter Reiter«, belehrte mich Herr Meier, »steigt unverzüglich nach einem Sturz wieder in den Sattel.«

»Aber warum denn das?«, maulte ich. Der Mann fing langsam an mir auf den Wecker zu gehen.

»Für den Anfänger« – das war ich leider – »ist es von größter Bedeutung, augenblicklich das Vertrauen in sein Reittier wieder zu finden. Es geht jetzt darum, deine Abneigung gegen das Pferd zu überwinden. Also hopp! In den Sattel!«

Ich spürte diese Abneigung sehr deutlich. In meinen Augen war Donnervogel nicht mehr die mittelgroße Halbblutstute, sondern eher eine widerliche Mischung zwischen einem Nashorn und einem Feuer speienden Drachen. Ich hatte Lust, einen großen Bogen um sie zu machen.

Nimm dich zusammen!, sagte ich zu mir. Zeig, dass du kein Angsthase bist!

Also biss ich die Zähne zusammen, setzte den Fuß in den Steigbügel und zog mich unbeholfen am Sattel hoch.

»Gerade halten!«, befahl Herr Meier.

Er ließ mich noch einige Runden im Schritt reiten. Mein Hintern brannte, als würde die Haut mit einem Reibeisen abgeschabt. Endlich war ich erlöst. Jetzt kamen die drei anderen an die Reihe. Herr Meier war sehr großzügig. Er sagte, dass sie diese erste Stunde nicht zu bezahlen brauchten, da er ja nur ein einziges Pferd besaß und sie so lange warten mussten, bis sie drankamen. Zuerst kam also Lea an die Reihe, dann Aline und dann Michael. Lea saß auf Donnervogels Rücken wie eine dünne Libelle und die Brille rutschte ihr ständig auf die Nase. Aber Herr Meier sagte, dass sie sehr lockere Gelenke hätte und bald eine gute Reiterin sein würde. Leas Gesicht wurde vor Freude ganz glühend und ihre Brille beschlug sich. Das war immer so, wenn sie aufgeregt war. Aline und ihr Bruder machten ihre Sache auch gut. Vor allem Michael erhielt ein großes Lob. Herr Meier behauptete, dass er für den Reitsport ganz besonders begabt sei.

»Wie können Sie das denn jetzt schon feststellen?«, fragte Aline verblüfft.

Herr Meier schmunzelte. »Der Junge ist sehr ausgeglichen. Pferde lieben es, von ausgeglichenen Menschen geritten zu werden.«

Ich fand, dass Herr Meier ganz schön feinfühlig war, wenn er den Charakter der Leute an der Art, wie sie im Sattel saßen, beurteilen konnte. Ich hätte gerne gewusst, was er von mir hielt. Aber ich schämte mich ihn vor allen anderen zu fragen: Und ich? Was halten Sie von mir? Wie sollte ich reagieren, wenn er mich als Trottel bezeichnen würde? Also versuchte ich auf Schleichwegen seine Meinung zu erfahren. »Herr Meier . . . glauben Sie wohl, dass ich bald galoppieren kann?«

Der Reitlehrer wusste sofort, was in mir vorging. »Du hast die Neigung, wichtige Einzelschritte überspringen zu wollen«, erwiderte er lächelnd. »Vergiss nicht, dass Geduld und unermüdliche Arbeit an sich selbst zu den Tugenden eines Reiters gehören.«

Das hatte ich nun davon! Das Wort »Tugend« war mir nie besonders schmeichelhaft vorgekommen.

Ich musste ziemlich dumm dagestanden haben, denn Aline kicherte. »Geduld ist nicht gerade ihre Stärke!«

»Sie hat einen festen Willen und wird es schnell lernen«, antwortete Herr Meier mit feinem Lächeln. Er war eben doch ein guter Psy . . . wie sagt man nun schon wieder? Psychologe!

5

Am folgenden Mittwochnachmittag erwartete uns eine Überraschung. Frau Meier winkte uns schon von weitem zu. »Die Pferde sind gestern Morgen eingetroffen!«

»Wo sind sie denn?«, rief ich atemlos.

»Im Stall!«

Als wir uns voller Neugierde in den Stall drängten, sahen wir in den mit reichlich Stroh ausgelegten Boxen drei neue Pferde. Herr Meier, in Reithosen und Stiefeln, kam mit zwei Eimern Wasser in den Händen hinter uns herein und begann sofort mit der Vorstellung. »Das da ist Derby!«

Derby war ein neunjähriges Vollblut, mit breiter Brust, langen Beinen und kurzem Rücken. Sein fuchsrotes Fell glänzte. Er stand da, mit erhobenem Kopf und geblähten Nüstern und verdrehte ein wenig die kaffeebraunen Augen.

»Er ist ein Wallach«, sagte Herr Meier, »und eignet sich besonders gut zum Reiten.«

»Oh, der gefällt mir!«, rief Lea voller Bewunderung.

Das nächste Pferd war ein Apfelschimmel und hieß Meteor.

»Er ist schon 15 Jahre alt und sehr gutmütig«, sagte Herr Meier. »Ich konnte ihn besonders preiswert erwerben.«

»Den möchte ich gerne reiten«, sagte Aline. »Ich mag Apfelschimmel. Sie sehen so unnatürlich aus.«

»Wieso unnatürlich?«, fragte ich.

»Na ja, ein weißes Pferd mit schwarzen Kringeln drauf, findest du das vielleicht natürlich?«

Jetzt blieb Herr Meier vor der dritten Box stehen. »Und das hier ist Gossip«, sagte er.

»Das ist aber ein komisches Wort!«, meinte Michael.

»Gossip ist ein englischer Name, man könnte ihn mit ›Geschwätz‹ übersetzen«, erklärte Herr Meier.

Seine Frau, die hinzugetreten war, bemerkte: »Mein Mann hat lange gezögert dieses Pferd zu kaufen. Aber die Gelegenheit war so günstig, dass er das Angebot schließlich angenommen hat.«

Herr Meier nickte gedankenvoll. »Und jetzt bin ich gespannt, ob sich das Risiko, das ich einging, auch lohnen wird.«

»Warum ist denn dieses Pferd ein Risiko?«, fragte Michael.

»Weil es ein Rennpferd ist«, entgegnete Herr Meier, »aber es kam in schlechte Hände und wurde nur selten geritten.«

Gossip war eine kleine, perlgraue Stute, mit ungewöhnlich schmalem Kopf, einem samtenen Maul und feuchten, misstrauischen Augen.

Michael streckte die Hand aus, um sie zu streicheln. Sofort entzog sich Gossip seiner Berührung und begann sich auf komische Art hin und her zu wiegen.

»Was ist denn mit ihr los?«, fragte Michael verwundert.

»Sie hat Angst«, sagte Herr Meier.

»Warum man ihr wohl die Mähne geschoren hat?«, wollte Aline wissen.

»Aus Zeitersparnis«, sagte Herr Meier. »Gossip kommt aus einem Gestüt von über hundert Pferden. Sie ist ein schönes Tier! Aber wir werden sie behutsam behandeln müssen. Gossip gehört zu jenen Pferden, die sich am liebsten von Kindern reiten lassen, weil sie mehr Zartgefühl als Erwachsene besitzen.«

»Die will ich reiten«, sagte Michael mit leuchtenden Augen.

Herr Meier legte ihm die Hand auf die Schulter. »Ich glaube, du wirst dich gut für diese Aufgabe eignen.«

So hatte sich jeder von uns spontan für ein Pferd entschieden. Für mich stand fest, dass ich weiterhin Donnervogel reiten würde; ich hatte mich an sie gewöhnt. Aber Herr Meier sagte, dass wir uns abwechseln müssten, damit wir mit der Eigenart verschiedener Pferde vertraut würden.

Mir fiel auf, dass Donnervogel die Neuankömmlinge misstrauisch beobachtete. Sie stand da mit gespreizten Beinen und angelegten Ohren, rollte böse die Augen und schien zu fragen: »Was sollen denn die da eigentlich in meinem Revier?«

»Die Pferde werden Zeit brauchen, um sich aneinander zu gewöhnen«, sagte Herr Meier.

Das leuchtete uns ein. Wir hatten ja auch Mühe, uns einzuleben, wenn wir umzogen oder die Schule wechseln mussten.

In den nächsten Tagen gebärdeten sich die Tiere ungefähr so wie die Nachbarn in einem Hochhaus: Sie waren nett und freundlich zueinander, solange die Distanz gewahrt wurde, aber sie teilten Hiebe aus, sobald der eine dem anderen zu nahe trat. Jetzt, da vier Pferde vorhanden waren, machten wir schnelle Fortschritte. Wir lernten traben und galoppieren. Ich bekam schon lange keinen Muskelkater mehr und schwelgte in Glückseligkeit. Das Galoppieren fand ich am schönsten: Ich saß auf Donnervogel wie auf einem Schaukelstuhl und hatte das Gefühl, zu schweben. Nur fand ich es blöde, immer im Kreis reiten zu müssen. Aber Herr Meier wollte uns nicht eher ausreiten lassen, bis wir die Technik auch wirklich gründlich beherrschten. Ich hatte einen kleinen Vorsprung und musste jetzt warten, bis die anderen auch so weit waren.

Lea, das stand außer Zweifel, war sehr begabt. Das merkten wir bald an der Art, wie sie Derby ritt. Sie war die Erste, die Springen lernte. Ihr einziges Problem war die Brille: Manchmal rutschte sie ihr von der Nase und flog ins Gras. Dann kreischte Lea auf: »Meine Brille!« und saß auf ihrem Pferd wie eine blinde Maus, denn sie war tatsächlich furchtbar kurzsichtig. Ohne ihre Sehgläser war sie im Stande, gegen einen Baum zu prallen. Endlich kam sie auf den Gedanken, die Brille mit einem Gummiband hinter dem Kopf zu befestigen.

Meteor machte seinem Namen nur wenig Ehre. Er erinnerte mich an Herrn Müller, unseren Chemielehrer: ein furchtbar träger Kerl. Ob er geritten wurde oder nicht, war ihm völlig wurscht: Er hatte wichtigere Dinge im Kopf. Aline behauptete, er sei kein Pferd, sondern ein Sofa, das laufen kann. Man könnte sogar einen Mittagsschlaf auf ihm halten.

Gossip war dagegen ein ganz anderes Problem! Herr Meier hatte Michael zuerst ein paar Mal mit Donnervogel traben lassen, bis er die Balance beherrschte. Dann durfte er endlich Gossip reiten. Ich erinnere mich noch genau an seinen ersten Versuch. Es war ein trüber, kalter Tag. In der Nacht hatte es in Strömen geregnet. Aber ein guter Reiter – so war uns eingeschärft worden – lässt sich auch vom schlechten Wetter nicht abhalten. Also machten wir uns im Regenmantel auf den Weg. Die Landschaft war in wattigen Dunst gehüllt, der Boden aufgeweicht und glitschig. Dicke Tropfen fielen von den Zweigen. Im Stall brannte

Licht. Herr Meier trug Gummistiefel und ebenfalls einen Regenmantel. Er hielt Gossip Futter in einem Eimer hin.

»Sie ist schrecklich eigen«, seufzte er. »Aber sie frisst etwas besser, wenn ihr jemand den Eimer hinhält. Leg ihr inzwischen den Sattel auf!«, befahl er Michael. Dieser gehorchte. Tommy, der schwarze Cocker, zwängte sich durch den Türspalt. Er war nass und stank. Als er sich Gossips Box näherte, stieß das perlgraue Pferd ein Schnauben aus und wich nervös zur Seite. Michael schrak überrascht zusammen und plumpste gegen die Stallwand. Tommy zog den Schwanz ein und machte kehrt.

»Tommy, los, raus! Du hast hier nichts zu suchen!«, rief Herr Meier ungeduldig. Zu Michael gewandt, sagte er: »Vor allem darfst du keine Angst zeigen, sonst verliert Gossip das Vertrauen.«

Michael schluckte. »Ich . . . ich habe keine Angst.« Doch seine Stimme klang nicht sehr überzeugend und ich bekam heftiges Herzklopfen.

Wenn das nur gut geht!, dachte ich beunruhigt.

Herr Meier stellte den leeren Eimer umgestülpt auf den Boden. Dann holte er ein eigenartig geflochtenes Halfter und legte es Gossip um.

»Soll ich sie mit diesem Halfter reiten?«, fragte Michael erstaunt.

Herr Meier nickte. »Das Halfter kommt aus Südfrankreich – eine Handarbeit. Gossip hat ein ganz weiches Maul. Ich will nicht, dass sie die Gebissstange spürt.«

Wir führten unsere Pferde aus dem Stall. Die Hufe sackten mit schmatzendem Geräusch in den aufgeweichten Boden ein.

»Ein unangenehmes Wetter«, brummte Herr Meier. »Aber ich hoffe, dass wir trotzdem arbeiten können.«

Wir brachten die Pferde auf die Koppel. Alle Augen waren auf Michael gerichtet, der vorsichtig den Fuß in den Steigbügel setzte und sich auf Gossips Rücken schwang. Gossip stand da wie ein Klotz. Ihre Haltung war merkwürdig unelegant für ein so rassiges Pferd. Sie hielt die Beine gespreizt und den Hals gesenkt. Sie sah richtig störrisch aus und ich bekam einen trockenen Mund. Ich hätte nicht an Michaels Stelle sein mögen.

»Aufpassen!«, warnte Herr Meier. »Halt die Zügel nur lose in der Hand.«

Behutsam berührten Michaels Knie die Flanken der Stute. Ein Zittern lief durch Gossips Körper, ihre Muskeln begannen zu spielen. Sie machte einen Schritt, dann noch einen, genau so, als ob sie auf Eiern ginge. Michaels Gesicht sah misstrauisch und gespannt aus, während er das Pferd langsam im Kreis führte.

»Du liebe Zeit!«, flüsterte Lea. »Man könnte beinahe glauben, dass er auf einer Ladung Sprengstoff sitzt!«

»Siehst du, wie Gossip die Ohren zurücklegt?«, murmelte Aline. »Kein gutes Zeichen.«

Ich sagte nichts. Die Aufregung schnürte mir die Kehle zu.

»Traben!«, rief Herr Meier.

Michael drückte die Absätze in Gossips Flanken. Ein Zucken durchlief den Körper der Stute. Ihre Lenden wölbten sich, der Hals streckte sich vor. Zu unserer größten Überraschung fiel sie in gleichmäßigen, wunderschönen Trab. Ich atmete vor Erleichterung auf. Michael entspannte sich und wandte uns sein lachendes Gesicht zu.

»Na, wie fühlst du dich?«, rief Aline.

»Herrlich!« Michaels Stimme klang begeistert. »Da sitzt man drauf wie auf einer Luftmatratze!«

In diesem Augenblick flog ein aufgescheuchter Vogel aus den Büschen und flatterte an Gossip vorbei. Die Stute blieb so unvermittelt stehen, dass ihre Hufe sich in den Schlamm bohrten. Dann wich sie kraftvoll zur Seite. Michael musste das Gefühl haben, dass ihm der Sattel unterm Hintern weggerissen werde. Er verlor die Steigbügel, kippte seitwärts vom Pferd und klatschte auf den Schlammboden, während sich Gossip in höchster Erregung um ihre eigene Achse drehte. Sie wirbelte wie ein Kreisel herum, die Steigbügel flogen nach allen Seiten, ihr Schweif peitschte die Luft. Zitternd, mit irrem Blick, blieb sie endlich stehen. Ihre nassen Flanken hoben und senkten sich, ihre schaumnassen Nüstern dampften. Starr vor Schrecken sahen wir, wie Michael sich schwankend erhob. Von Kopf bis Fuß mit Schlamm bedeckt, stapfte er auf das Pferd zu, packte entschlossen die Zügel und saß mit einem Satz wieder im Sattel.

Vor Bewunderung blieb uns der Mund offen und Herr Meier rief: »Richtig so, Michael! Halte die Zügel nicht zu fest . . . jawohl, so ist's gut! Lenke das Pferd schön ruhig im Schritt . . .«

Michael wischte sich mit dem Ärmel über das verschmierte Gesicht. Er klopfte Gossips Hals und sprach beruhigend auf sie ein. Die Stute schritt folgsam im Kreis; sie hatte wieder Vertrauen gewonnen.

»Traben!«, rief Herr Meier.

Mit leichtem Kniedruck trieb Michael das perlgraue Pferdchen an. Gossip trabte mit langen, weichen Schritten. Ihre Hufe schlugen auf den durchnässten Boden.

Aline sah mich an und rief: »Was ist denn mit dir los? Du bist ja grün wie ein Spargel?«

»Das scheint wohl nur so«, piepste ich, »weil ich den grünen Pulli trage.«

Ich hielt mich am Sattel fest, um mich auf Donnervogels Rücken zu schwingen, verfehlte den Steigbügel und flog kopfüber in den Dreck. Jetzt sah ich genauso aus wie Michael: Ich hatte sogar Schlamm in den Nasenlöchern! Aber unter der Schmutzschicht, die mein Gesicht bedeckte, konnte man jetzt wenigstens nicht mehr sehen, ob ich grün war oder nicht!

Nach der Reitstunde, als wir die Pferde abgesattelt und trockengerieben hatten, gingen wir alle in Herrn Meiers Haus. Die Wohnküche war sehr gemütlich eingerichtet. Auf dem Tisch lag eine bunte Decke, Feuer brannte im Kamin und überall standen große Keramikvasen voller Blumen. Michael und ich wurden ins Badezimmer geschickt, um uns das Gesicht zu waschen. Frau Meier hatte Kaffee gekocht. Dazu gab es Rosinenkuchen, den sie selbst gebacken hatte. Ich saß wie üblich neben Michael.

»Hast du keine Angst gehabt?«, fragte ich ihn.

Er zog die laufende Nase hoch. »Angst? Nein, ich war viel zu wütend auf mich!«

»Wütend?«

Einen Jungen, der in dieser ruhigen Art wütend war, fand ich wirklich cool! Ein anderer hätte geflucht oder getobt. Ich hätte Michael am liebsten auf der Stelle geküsst!

»Sandra, du bist ja ganz rot!«, rief Lea mir über den Tisch zu.

Rot? Und ich dachte, ich sei grün! Ich wischte mir ärgerlich übers Gesicht, allmählich kam ich mir wirklich wie ein Chamäleon vor.

Michael lächelte und sagte: »Du brauchst dir keine Sorgen zu machen, ich komme mit Gossip schon zurecht!«

Er drückte sein Knie gegen das meine. Ich saß wie erstarrt da und spürte nur noch sein Knie. Der Rest war mir egal. Man hätte mir auf dem Kopf herumtrampeln können, ich hätte nicht mal »Piep!«

gesagt. Ich wagte nicht, auch nur den kleinsten Finger zu rühren, aus Angst, er würde sein Knie wieder wegziehen.

»Möchtest du noch etwas Kaffee?«, fragte Frau Meier.

»Ja . . . bitte!«, stotterte ich und hielt ihr meine volle Tasse hin.

»Du hast ja noch gar nichts getrunken«, sagte sie.

»Ach ja«, blubberte ich, hob die Tasse an meine Lippen, wobei mir der Kaffee in die Nase lief, statt in den Mund, und ich die Hälfte auf meinen Pulli verschüttete. Michaels Zuneigung hatte eine komische Wirkung auf mich. Ob das wohl bei anderen Leuten auch so war?

6

Eine Woche später hatte ich Geburtstag. Als Geschenk erhielt ich von meinen Eltern einen Reitstunden-Gutschein für sechs Monate. Ich schwelgte im siebten Himmel!

»Nach sechs Monaten«, sagte Mama, »kann dieser Gutschein vielleicht noch einmal erneuert werden. Aber das hängt vor allem von deinen Leistungen in der Schule ab. Wenn sich die Noten verschlechtern, ist es Schluss mit dem Reiten.«

»Vergiss nicht, Sandra«, sagte Papa, »dass du im nächsten Jahr ins Gymnasium gehen sollst.«

Eltern können das Moralisieren nicht lassen, das liegt wohl so in ihrer Natur. Trotzdem fand ich meine ganz in Ordnung. Jetzt musste ich mir die Reitstunden nicht mehr vom knapp bemessenen Taschengeld absparen und ich war eine große Sorge los!

Zum Geburtstag erhielt ich von Lea einen Radiergummi mit »Snoopy« drauf, von Aline einen schönen Filzstift und von Michael eine Tüte Sahnetoffees, die er selbst gemacht hatte.

»Er hat zwei Stunden lang die Küche beschlagnahmt, den Herd verschmiert und in der ganzen Wohnung herum Zucker verstreut!«, berichtete Aline empört.

Jetzt war es an Michael, rot zu werden. »Ach, hör doch auf! Ich habe hinterher alles wieder sauber gemacht!«

Ich hätte die Sahnetoffees am liebsten unter eine Glasglocke gestellt und sie bis an mein Lebensende aufbewahrt, aber das wäre Michael bestimmt nicht recht gewesen. Also öffnete ich die Tüte und fing an zu essen. Ich war so gerührt, dass ich kaum merkte, dass die Sahnetoffees angebrannt waren.

Wir ritten nun schon länger als drei Monate. Traben, Galoppieren und Springen war für uns keine Sache mehr. Es machte uns nichts mehr aus, einen ganzen Nachmittag im Sattel zu verbringen. Wir spürten überhaupt keinen Muskelkater mehr. Und auch die Balance beherrschten wir jetzt endlich!

Im Juli erlaubte uns Herr Meier den ersten großen Ausritt. Er hatte uns die Ohren mit Ratschlägen voll gestopft: »Und passt auf den Verkehr auf. Wenn ihr die Straßenkreuzung überquert, verlangsamt das Tempo! Gebt auf dahintreibende Papierfetzen Acht, sie erschrecken die Pferde. Vergesst nicht, dass ihr für euer Reittier verantwortlich seid!«

Endlich war der große Augenblick gekommen. Ich ritt Donnervogel und führte die Gruppe an. Aline auf Derby war gleich hinter mir. Dann kam Michael auf Gossip. Lea, die den Apfelschimmel ritt, bildete den Schluss: »Professor Meteor« meditierte gerade über Einsteins Relativitätstheorie und hasste es, sich beeilen zu müssen. Natürlich wollten wir den Stadtrand so schnell wie möglich verlassen und die ruhigen Feldwege einschlagen. Die Leute drehten sich alle nach uns um. Wir kamen uns selbstsicher und wichtig vor und sahen auf den Rest der Welt geringschätzig hinunter. Ein etwa vierjähriges Mädchen, das an der Hand ihrer Mutter daherkam, streckte den Arm aus und rief: »Mama, sieh dir mal die Pferde da an! Sind das richtige oder falsche?«

Ich musste lachen und rief ihr zu: »Das sind

Gummipferde! Die haben wir heute Morgen mit der Fahrradpumpe aufgeblasen!«

Als wir unter den Bäumen einer breiten Allee dahinritten, sahen wir einen dünnen alten Mann auf einer Bank sitzen. Er hatte ein zerknittertes Gesicht und eine Glatze. Mit seinem Stock fuchtelte er in der Luft herum und krähte mit seiner Fistelstimme: »He, du da, Kleine . . . du mit den schwarzen Haaren, halte dich gerade!«

Die Kleine mit den schwarzen Haaren, das war ich. Ich warf dem Alten einen empörten Blick zu. Was ging den das an, wie Wildwest-Annie im Sattel saß?

»Ich war zwölf Jahre bei der Kavallerie und versteh was vom Reiten!«, japste der Alte. »Die Kleine am Schluss hält sich gut, bravo, so gefällt's mir! Die wird es noch weit bringen!«

»Danke!«, säuselte Lea und schob mit einem Finger ihre Brille zurecht. Meteor trabte teilnahmslos dahin.

Dann schritt eine Frau mit einem Mops vorbei. Der kleine Köter bellte, dass seine Bauchfalten wackelten, und fletschte die Zähne. Offensichtlich konnte er Pferde nicht ausstehen.

Endlich hatten wir die Stadt hinter uns. Vor uns

lagen Wiesen, Wälder und ruhige Feldwege. Zuerst trabten wir, damit die Pferde sich in Ruhe warmlaufen konnten. Dann drückten wir ihnen die Fersen in die Flanken und legten uns flach auf die Mähne.

Die Pferde stürmten in gleichmäßigem Galopp dahin. Der Boden dröhnte unter dem Trommeln ihrer Hufe, während wir bei jedem Sprung das mächtige Spiel ihrer Muskeln fühlten. Unsere Körper folgten geschmeidig den Bewegungen der Tiere und der Wind spielte in unseren Haaren. Es war das schönste Gefühl der Welt!

Von diesem Tag an durften wir regelmäßig ausreiten. Dabei erlebten wir einige aufregende Abenteuer. Eines Nachmittags ritt ich also Gossip; das hatte Herr Meier so angeordnet. Gossip war im Grunde ein gutmütiges Tier. Sie bedurfte nur einer friedlichen Umgebung und Zuneigung. Ich schätzte ihren weichen, gleichmäßigen Trab, aber ich fühlte mich nie so richtig wohl auf ihrem Rücken. Pferde sind äußerst sensible Geschöpfe: Sie spüren es sofort, wenn der Reiter unsicher ist. Gossip war bei den Spazierritten immer nervös. Alles flößte ihr Angst ein: die Autos, die Mopeds, die Straßenlampen, ja sogar einzelne fliegende Blätter. Ich konnte mich nur selten richtig entspannen, weil ich immer alles beobachten musste. Ich dachte nur: Wovor wird sie sich jetzt schon wieder fürchten? Herr Meier behauptete allerdings, das sei eine gute Übung für mich. Donnervogel kannte ich schon so gut, dass ich faul und träge auf ihrem Rücken saß. Sie war für mich wie ein Schaukelstuhl. Bei Gossip dagegen war das ganz anders, da musste ich stets auf der Hut sein.

An jenem Tag war Gossip besonders nervös. Ich behielt ihre wippenden Ohren ständig im Auge. Immer wenn sie vorn blieben und sich spitzten, war ich auf das Schlimmste gefasst. Ich hatte nie auf die vielen verschiedenen Geräusche, die draußen zu hören waren, geachtet. Auf Gossip lernte ich, alle auch noch so unbedeutenden Kleinigkeiten wahrzunehmen.

Trotzdem gelang es ihr, meiner Wachsamkeit einen Streich zu spielen. An einer Straßenbiegung tauchte plötzlich ein Mann auf, ein Maler vermutlich, der eine Leiter auf der Schulter trug. Gossip stieß ein schnaubendes Wiehern aus, sprang entsetzt zur Seite und raste im Galopp quer durch die breite Baumallee, bis an den Rand einer steil abfallenden Böschung. Dort bäumte sie sich auf und ihre Hufe schlugen wild ins Leere. Einen Augenblick lang, der mir wie eine Ewigkeit erschien, erblickte ich unter mir einen 20 Meter tiefen Abgrund. Instinktiv riss ich die Zügel zurück, meine Beine umklammerten die schweißnassen Flanken. Gossip wendete sich auf der Hinterhand. Ihre Vorderhufe fielen schwer auf den Boden zurück. Sie machte kehrt und raste im vollen Galopp auf ein Auto zu, das mit quietschenden Bremsen hielt, wich aber in letzter Sekunde dem Hindernis aus. Ich weiß nicht mehr, wie es mir gelang, sie zu beruhigen, aber endlich blieb sie stehen. Ihre nassen Flanken hoben und senkten sich und sie zitterte an allen Gliedern. Ich schwitzte und zitterte genauso.

Aline, Michael und Lea hatten meinen Zweikampf mit Gossip hilflos mit angesehen und kamen mir entgegen.

»Was ist denn passiert?«, riefen alle gleichzeitig. »Weshalb ist sie denn durchgegangen? Hast du dir weh getan?«

»Nein, nein!«, stotterte ich. »Aber ich glaube . . . ich steige jetzt für einen Augenblick besser ab.«

Ich glitt aus dem Sattel und schleppte mich auf

die nächste Bank. Dort setzte ich mich hin, schlaff wie eine müde Oma. Meine Knie schlotterten wie Wackelpudding.

Michael hatte Gossips Zügel ergriffen und sprach beruhigend auf das verängstigte Tier ein. »Wollen wir das Pferd wechseln?«, fragte er mich.

»Nein, es geht schon!«, gab ich schnell zurück. Schließlich war ich kein Waschlappen. Ich stand taumelnd auf und Michael warf mir die Zügel zu. Ich biss auf die Zähne, setzte den Fuß in den Steigbügel und schwang mich kraftvoll in den Sattel. Es hatte mich große Überwindung gekostet und Gossip musste das gespürt haben, denn einen Augenblick lang stampfte sie zögernd und wiegte ihren Körper unschlüssig vor- und rückwärts. Dann schlug sie gehorsam die Richtung ein, in die ich sie lenkte. Ich stieß einen Seufzer der Erleichterung aus und streichelte ihren Hals. Ich hatte das Vertrauen des Pferdes wieder gewonnen. Herr Meier würde stolz auf mich sein!

Ich hatte auch lustige Erlebnisse. Da war zum Beispiel die Sache mit dem Schutzmann. Es passierte eines Tages, als ich alleine mit Donnervogel ausritt. Da stand plötzlich ein Polizist mitten auf der Straße und hob die Hand, als sei ich ein internationaler Transportlastwagen mit einer Ladung geschmuggelter Zigaretten. Sein Unmut drückte sich in den Falten auf seiner Stirn und seiner erhobenen Stimme aus. »Es ist verboten, hier auf der Straße zu reiten! Wozu ist denn der Reitweg da?«

»Wo ist denn der?«, wollte ich wissen. Die Frage klang blöde, aber wenn es irgendwo einen Reitweg gab, hätte Herr Meier uns das gesagt.

Die Stimme des Polizisten nahm eine ungeduldige Schärfe an. »Hast du keine Augen im Kopf?« Er wies auf die rechte Straßenseite hin, wo sich ein schmaler, gepflasterter Weg zwischen den Bäumen hinzog.

»Aber das ist doch ein Fußweg!«, rief ich.

Der Polizist lief rot an. »Willst du mich vielleicht darüber belehren, was ein Reitweg ist?«

»Aber da steht ja kein Schild!«, protestierte ich.

»Ich verbiete mir deine vorlauten Bemerkungen!« Der Ordnungshüter regte sich offensichtlich darüber auf, dass ich oben saß und er unten stehen musste. Er reckte die Schultern, um so groß zu sein wie das Pferd. »Wenn du nicht sofort auf den Reitweg überwechselst, wirst du absteigen und zu Fuß nach Hause gehen!«

»Aber der Weg ist ja zum Galoppieren viel zu schmal!«, rief ich wütend.

»Musst du denn ausgerechnet da galoppieren?«, zischte er. »Sind wir hier vielleicht in Texas?«

Der Mann musste eine schlaflose Nacht hinter sich haben oder unter schlechter Verdauung leiden. Ich wollte mich nicht mit einem Polizisten streiten, denn die haben immer Recht . . . Also lenkte ich Donnervogel auf den so genannten »Reitweg« und ritt verstimmt weiter. Aus Angst, gegen einen Baum zu prallen, wagte ich kaum zu traben. Plötzlich sah ich zwischen den Blumenbeeten einen zweiten Schutzmann auf und ab spazieren. Was die heute Nachmittag hier zu suchen hatten, war mir ein Rätsel. Dieser jedoch hatte ein leichtes Lächeln im Gesicht und gefiel mir schon eher. Ich ritt auf ihn zu und fragte mit der sanftesten Stimme der Welt, ob das hier ein Reitweg sei.

»Nicht dass ich wüsste«, antwortete er.

»Aber so was!«, entfuhr es mir. »Warum hat denn der Schafskopf behauptet . . .« Ich unterbrach mich und biss mir auf die Lippen.

»Welcher Schafskopf?«, fragte der Polizist erstaunt.

»Na ja . . ., da war ein Mann . . ., der sagte . . .« Ich

schluckte und beeilte mich das Thema zu wechseln. »Der Weg ist hier viel zu schmal, um zu galoppieren. Darf ich auf der anderen Straßenseite reiten?«

»Selbstverständlich, kleines Fräulein!«,antwortete der Polizist. »Aber passen Sie auf die Autos auf!« Er salutierte freundlich und ich schenkte ihm mein strahlendstes Lächeln.

Ich drückte Donnervogel die Fersen in die Flanken und sprengte quer über die Straße. Wildwest-Annie wollte zeigen, was sie konnte. Es waren keine Autos in Sicht. Ich jagte im Galopp die Straße rauf, machte kehrt und ritt in gleichem Tempo die Strecke wieder zurück. Der Polizist stand im Schatten der Bäume und sah offenbar sehr beeindruckt meinem Rodeo zu. Endlich mal eine, dachte er vermutlich, die auf einem Pferd und nicht auf einem Moped daherkommt! Ich raste ihm im gestreckten Galopp entgegen, kreischte triumphierend »Juhu!« und ließ meine Zügel wie ein Lasso kreisen. Erst im letzten Augenblick sah ich die Bescherung: Mein freundlicher Polizist war weg und an seiner Stelle stand da wieder der erste höchstpersönlich! Ja, er sah mir zu und die Augen kugelten ihm fast aus den Höhlen, aber für Gezeter blieb ihm keine Zeit: Ich war längst hinter der Straßenkreuzung verschwunden!

Dann geschah die Sache mit Thomas. Der hörte uns die ganze Zeit in der Schule vom Reiten schwärmen. Wir redeten nur noch von Pferden und er fühlte sich vernachlässigt. Eines Morgens, als wir auf dem Schulhof standen, kam er herbeigeeilt, schmiss mir in seiner liebenswürdigen Art die Schulmappe gegen die Beine und rief: »Ich will auch mal zum Reiten mitkommen!«

Wir Mädchen tauschten einen Blick. Das passte uns gar nicht, den Affen da bei uns zu haben, und Michael fragte mit Unschuldsmiene: »Hast du auch vor Reitstunden zu nehmen?«

»Ich brauche keine Reitstunden, um auf einem Ross zu sitzen!«, rief Thomas großspurig.

»Das muss aber zuerst gelernt werden«, sagte Aline.

»Indianer können auch reiten und haben es nicht mühsam lernen müssen«, antwortete Thomas stur.

»Natürlich haben die das gelernt!«

»Quatsch!« Thomas warf sich in die Brust. »Ich wette, ich komme auf deinen Gaul rauf und mache mit ihm, was ich will!«

Wir wechselten wieder einen Blick. Dann sagte

Aline: »Du kannst ja morgen mal mitkommen. Vielleicht bist du wirklich ein Genie und wirst Olympiasieger im Springreiten!«

Am nächsten Tag erwarteten wir Thomas am Kiosk. Er kam rot und schwitzend an und sah aus wie ein blonder Igel. Wir machten uns auf den Weg. Herr Meier erwartete uns auf der Koppel. Die Pferde trabten sofort heran. Sie wussten, dass wir Brot und Salz mitbrachten. Wir stellten Thomas Herrn Meier vor, und dieser fragte ihn, ob er auch am Kurs teilnehmen wollte.

»Ich kann reiten ohne Reitstunde«, sagte Thomas.

Lea nickte bedeutungsvoll. »Das ist der, der nur auf einem ungezähmten Mustang reiten will!«

Herr Meier warf ihm einen nachdenklichen Blick zu. »Wir haben hier leider keinen ungezähmten Mustang, aber du kannst ja mal versuchen Gossip zu reiten.«

»Wo ist denn dieser Gossip?«, fragte Thomas.

»Gossip ist kein ›Er‹, sondern eine ›Sie‹!«, sagte Michael und fügte hinzu: »Sie ist das Pferd, das ich meistens reite.«

Thomas rümpfte die Nase. »Ausgerechnet auf die kleine Stute soll ich! Warum nicht auf den da? « Er wies auf Meteor, der friedlich graste und nicht gestört werden wollte.

»Meteor ist mein Pferd«, sagte Aline.

»Aha!« Thomas schnalzte geringschätzig mit der Zunge. »Na gut, ich nehme die Stute!«

»Warte, ich hole den Sattel!«, rief Michael. Einige Augenblicke später kam er schwer beladen wieder zurück.

Thomas sah gelangweilt zu, wie er Gossip zäumte und sattelte. Herr Meier wollte ihm erklären, wie er aufzusitzen habe, aber Thomas winkte großspurig ab. »Ist schon in Ordnung! Habe schon längst kapiert. Also das macht man so . . .« Er ergriff Gossips Zügel und fasste nach dem Sattel.

Gossip wandte blitzschnell den Kopf. Ihre großen gelben Zähne schnappten an Thomas' Arm vorbei, der verblüfft zurückwich.

»He, was ist denn los? Beißt die?«

»Sie spürt, dass du ein fremder Reiter bist«, sagte Herr Meier gleichmütig. »Versuch's noch einmal!«

Thomas war ein bisschen bleich geworden. »Ist das gefährlich . . . äh . . . wenn die beißt?«

»Du kannst dich ja mal beißen lassen, dann weißt du's«, sagte Michael mit beißendem Unterton.

»Hat sie dich denn noch nie?«, fragte Thomas.

Michael schüttelte den Kopf. »Noch nie!«

Thomas packte die Zügel und setzte den Fuß in den Steigbügel. Im selben Augenblick machte Gossip einen Satz, krümmte sich und versetzte ihm einen Fußtritt. Der Hufschlag traf Thomas am Hintern. Großes Gelächter war die Antwort.

»Mensch, das Vieh ist ja total bekloppt!«, fluchte Thomas.

»Du bist zu nervös«, sagte Herr Meier. »Gossip mag keine nervösen Reiter.«

»Ich bin überhaupt nicht nervös!«, krähte Thomas empört. »Das Vieh da ist nervös!« Er schwitzte so sehr, dass sein Hemd ganz nass war.

»Du wolltest doch immer einen ungezähmten Mustang reiten«, warf ich ein. »Gossip ist das wildeste Pferd, das wir haben.«

»Na ja . . .«, Thomas kratzte sich am Kopf, »für das erste Mal . . .« Er schluckte. »Ich müsste zuerst mal . . . äh . . . drauf sitzen!«

»Wer hindert dich denn daran?«, foppte Michael.

»Das blöde Biest lässt mich ja nicht aufsteigen!«, rief Thomas und rieb sich mit schiefem Gesicht sein Hinterteil.

»Warte, ich helfe dir«, sagte Herr Meier gelassen.

Er ergriff Gossips Zügel und streichelte dem Tier beruhigend den Hals. »So, jetzt kannst du's versuchen, Thomas.«

Nach einigen vergeblichen Versuchen, bei denen Gossip immer wieder durchgehen wollte, gelang es Thomas endlich, sich in den Sattel zu schwingen. Herr Meier überließ ihm die Zügel und trat zurück. Gossip stand da, mit gespreizten Beinen und hängendem Kopf, wie das erste Mal, als Michael sie reiten wollte.

»Hü!«, rief Thomas und schlug mit den Zügeln auf Gossips Rücken.

Gossip rührte sich nicht vom Fleck. Ihre Augen quollen fast aus den Höhlen.

»Warum will die denn nicht laufen?«, fragte Thomas verdattert.

Herr Meier zündete sich gemächlich die Pfeife an.

»Weil du noch nicht reiten kannst und sie es spürt.«

»Aber wie spürt sie denn das?«

»Deine Bewegungen sind zu unkontrolliert, zu zerfahren.«

»Meine Bewegungen sind schon in Ordnung«, knurrte Thomas. »Hü, du Biest!« Er grub mit aller

Gewalt die Fersen in Gossips Flanken. Seine Hände zerrten an den Zügeln.

Ein Schauer lief über Gossips Fell. Ihre Nüstern blähten sich. Sie bäumte sich auf und schlug mit den Hufen durch die Luft. Dann fiel sie auf die Vorderhand zurück und begann wild im Kreis zu rennen. Thomas rutschte hin und her und klammerte sich an den Zügeln fest. Wie eine Rakete flog Gossip über die Koppel.

Plötzlich blieb sie stehen, ihr Rücken spannte sich wie eine Stahlfeder. Thomas sauste durch die Luft und landete rittlings auf dem Boden. Er rappelte sich in aller Eile wieder auf und rannte auf die Umzäunung zu, verfolgt von dem wutentbrannten Pferd. Im letzten Augenblick brachte er sich mit einem nicht sehr eleganten Sprung in Sicherheit, während Gossip mitten auf der Koppel einen tobenden Tanz aufführte.

Wir standen da und grinsten schadenfroh. Herr Meier paffte ungerührt den Pfeifenrauch vor sich hin.

Thomas humpelte schnaufend und schwitzend auf ihn zu. »Warum haben Sie mir denn . . . ein so tückisches Pferd gegeben?«, keuchte er.

»Jetzt weißt du, dass das Reiten gelernt sein

muss«, sagte Herr Meier streng. »Ein Pferd ist nun mal kein Moped!«

Thomas' Blicke schweiften zu Michael hinüber, der gelassen einen Kaugummi in den Mund steckte. »Kannst du auf dem da reiten, ohne herunterzufliegen?«

»Ich bin auch schon mal abgeworfen worden«, sagte Michael gelangweilt. »Das gehört dazu.«

Ich schenkte Thomas ein zuckersüßes Lächeln. »Möchtest du jetzt vielleicht auch Reitstunden nehmen?«

Er wischte sich die triefende Nase ab. »Ich werd's mir noch überlegen.« Dann warf er einen Blick auf seine Armbanduhr und knurrte: »Halb drei! Ich muss weg. Zum Fußballplatz. Will in der ersten Halbzeit nicht fehlen.«

»Ach, hast du nicht Muskelkater?«, zirpte ich voller Mitgefühl.

Thomas hinkte wütend davon. Er hatte schwer eins aufs Dach gekriegt.

Wir waren nicht die einzigen Reitschüler. Zweimal wöchentlich stieß ein gleichaltriger Junge mit vorstehenden Zähnen und bleichem Gesicht zu uns. Er war Engländer und hieß merkwürdigerweise Percival. Der Arme wurde immer von seiner

Mutter begleitet; sie ließ ihn auch nicht aus den Augen. Am Rande der Koppel klappte sie jeweils einen Liegestuhl auseinander und pflegte während der ganzen Reitstunde zu stricken.

Ab und zu kam auch ein älterer Herr, der immer mit versteiftem Rücken auf dem Pferd saß. Er trug einen schicken Reitanzug und blank geputzte Stiefel. Bald stellte sich heraus, dass er Generaldirektor einer Schokoladenfirma gewesen war, und er brachte uns auch jedes Mal Schokolade mit.

Dann nahm regelmäßig eine dicke Dame am Unterricht teil. Sie wollte offensichtlich das Reiten als eine Art Abmagerungskur betreiben. Aber ihr Speck wurde dabei doch nicht genügend durchgeschüttelt, denn sie wurde anscheinend eher ständig dicker als dünner. Sie ritt Derby. Der tat uns furchtbar Leid, denn es musste kein Vergnügen sein, mit so viel Gewicht auf dem Buckel zu traben!

Trotz des Andrangs zur neuen Reitschule war Herr Meier nicht zufrieden und machte manchmal einen sorgenvollen Eindruck auf uns.

»Ich habe nicht genug Schüler«, vertraute er uns eines Tages an. »Die Kosten für Futter und Streu steigen unaufhörlich. Wenn nicht in den nächsten

Monaten mehr neue Anmeldungen eintreffen, sehe ich schwarz für die Zukunft meines Reitstalls.«

Wir nahmen seine Äußerung nur so beiläufig zur Kenntnis und dachten uns weiter nichts dabei.

7

Ich sah den Sommerferien mit gemischten Gefühlen entgegen. Einerseits freute ich mich, dass ich mit den Eltern nach Italien fuhr, andererseits bedrückte es mich, denn ich musste mich von Aline und Lea, vor allem aber von Michael trennen. Die Geschwister waren von ihrer Patin nach Schweden eingeladen worden. Lea würde die Ferien auf einem Bauernhof verbringen, wo sie ebenfalls Gelegenheit hatte, zu reiten, und Thomas, der Arme, musste zu Hause bleiben. Er fing an, uns Leid zu tun. Nach seinem Abenteuer mit Gossip hatte er sich mit ein paar größeren Jungen zusammengetan, so richtig brutalen Typen, die furchtbar erwachsen taten und schon rauchten. Wir hatten mit ihnen kaum etwas gemeinsam, und von Pferden verstanden die ohnehin nichts. Aber uns schmiedete das Reiten irgendwie zusammen und gab uns viel Selbstvertrauen.

Am letzten Tag vor unserer Abreise fragten wir Herrn Meier, ob die Pferde uns nach den Ferien wohl wieder erkennen würden. Da musste er lachen: »Macht euch keine Sorgen! Die Pferde werden euch nicht vergessen.«

»Die haben ein besseres Gedächtnis als viele Menschen«, fügte seine Frau hinzu.

Beide waren freundlich wie immer, aber mir fiel auf, dass sie nachdenklich aussahen. Die meisten ihrer Schüler – dazu gehörten wir – kamen in den Sommerferien nicht und der Verdienst blieb aus. Aber wir waren zu sehr mit unseren Ferienplänen beschäftigt, um uns noch darüber Gedanken zu machen.

Ich fuhr also mit den Eltern nach Italien. Drei Wochen lang schlug ich mir den Bauch mit Spagetti voll und vertrödelte die Zeit. Der Strand war mit Touristen überfüllt und das Meerwasser alles andere als sauber. Ich schnitt mir den Fuß an einem Glasscherben auf und einmal schwappten mir die Wellen eine Rolle Toilettenpapier ins Gesicht. Meine Eltern besuchten alle möglichen Museen und Kirchen, was mich überhaupt nicht interessierte. Ich setzte mich jeweils mit Bekannten in die nächste Cafeteria, trank Orangina, das im Magen gurgelte und mich dauernd aufstoßen ließ, und schrieb Postkarten an Aline und Michael. Die Italienerjungen sahen alle ganz niedlich aus, aber sie waren nicht so cool wie Michael. Sie wollten mich dauernd küssen. Sie hatten keine Ahnung von Pferden und redeten nur von Vespas und Mopeds.

Ich hatte richtigen Liebeskummer und fragte mich, ob es Michael wohl auch so ginge. Warum glauben Erwachsene eigentlich immer, solche Ferien seien das Schönste im Leben. Fast sehnte ich mich nach den Geometriestunden zurück. Da saß ich neben Aline und wir schnippten mit Lea und Michael Papierkugeln, was den Lehrer furchtbar auf die Palme brachte. Stattdessen war ich nun hier in Italien, aß »Maccaroni alla Panna« und »Scaloppine di Maiale« und gähnte vor schwerfälliger Verdauung und Langeweile!

Endlich nahmen die Ferien ein Ende und wir fuhren zurück! Gleich am nächsten Morgen traf ich mich mit Aline, Michael und Lea am Kiosk. Es war der letzte freie Tag vor Schulanfang und wir wollten zu den Pferden gehen. Es gab ein großes Hallo. Wir waren alle überglücklich uns wieder zu sehen. Wir hatten uns alle verändert: Mir schien, Michael sei fast einen Kopf größer geworden. Ich konnte es kaum fassen! Er zog sich den Scheitel jetzt auf der anderen Seite und sah unheimlich gut aus. Aline fing an einen Busen zu bekommen und Lea trug eine neue Brille, mit der sie viel hübscher aussah. Michael begrüßte mich freudig: »Mensch, bist du braun geworden!«

Er hielt seinen Arm neben den meinen und wir verglichen unsere Bräune. Dann sagte Michael, dass ich wie eine Indianerin aussähe und es ihm gefiele, dass ich mein Haar jetzt länger trug.

»Ich lasse es wachsen!«, sagte ich stolz. Es war ganz komisch, ich konnte Michael gar nicht mehr richtig in die Augen sehen und irgendwie spürte ich, dass es ihm genauso erging. Vielleicht war es ihm noch viel komischer zu Mute, denn Jungen sind ja in vielen Dingen hinter den Mädchen zurück. Einerseits waren wir noch Kinder und fanden das schön, aber auf der anderen Seite wären wir gerne erwachsen gewesen und hätten uns auch dementsprechend benehmen wollen. Ich glaube, wir hatten beide Angst, uns vor den anderen lächerlich zu machen, dabei wussten die doch längst, dass wir zusammengehörten.

Jeder von uns hatte eine Plastiktasche mit, in der wir Brotreste, Karotten, Kartoffelschalen und Salz reingestopft hatten.

Es war Ende August. Das Gras war schon gemäht worden und das Laub war dunkelgrün. In Frau Meiers Garten blühten rotgolden die ersten Dahlien. Schon von weitem sahen wir die Pferde auf der Koppel.

»Da sind sie!«

Die Frage, ob sie uns wohl wieder erkennen würden, erübrigte sich: Sie liefen uns sofort entgegen, drängten sich an den Zaun und begannen prustend und schnaufend unsere Plastiksäcke zu beschnuppern. Sobald wir sie geöffnet hatten, verschwanden ihre langen Köpfe darin und wir hörten nichts mehr als Kauen, Mahlen und Schmatzen. Wir mussten ihrer Gefräßigkeit so lange standhalten, bis sie die letzte Kartoffelschale zwischen ihren gelben Zähnen zerkaut hatten. Endlich kamen ihre Köpfe wieder zum Vorschein. Sie bliesen uns ihren feuchten Atem ins Gesicht, während sie speicheltriefend schnupperten, als wollten sie sagen: »Ist wirklich nichts mehr da?« Wir schüttelten die leeren Plastiksäcke vor ihrer Nase aus, worauf sie uns einen vorwurfsvollen Blick zuwarfen, einmütig kehrtmachten und sich mit enttäuschter Miene entfernten. Um sie ganz für uns zu gewinnen, hätten wir sie ihr Leben lang füttern müssen.

In diesem Augenblick kam Frau Meier mit Tommy aus dem Haus. Sie trug abgenutzte Kordhosen und einen selbst gestrickten Pulli. Tommy winselte und sprang an unseren Beinen hoch. Wir merkten zu spät, dass wir nichts mehr für ihn übrig hatten. Die Pferde hatten alles aufgefressen!

»Ihr seht alle so verändert aus!«, sagte Frau Meier lächelnd. »Fast hätte ich euch nicht mehr wieder erkannt. Mein Mann ist nicht da«, fügte sie hinzu. »Er ist zu einem Treuhänder in die Stadt gefahren.«

»Wir wollten nur schnell mal die Pferde begrüßen«, sagte Aline. »Heute ist unser letzter Ferientag, morgen fängt die Schule wieder an.«

Frau Meier schien zu zögern. Schließlich fragte sie: »Werdet ihr auch weiterhin zum Reiten kommen?«

Wir tauschten einen erstaunten Blick. Warum nur stellte sie diese Frage?

»Aber selbstverständlich«, antwortete Michael. »Zweimal in der Woche, genau wie früher . . .«

Sie nickte zerstreut. »Das ist schön, dass ihr wieder kommt. Mein Mann wird sich freuen!«

»Einen ganzen Monat schon sind wir nicht mehr geritten«, sagte Aline. »Wir kriegen bestimmt Rückenschmerzen!«

»Das ist mir egal«, sagte ich, »wenn ich nur endlich mal wieder im Sattel sitzen kann!«

»Ihr seid gut durchtrainiert und werdet kaum einen Muskelkater verspüren«, erwiderte Frau Meier.

Wir plauderten noch eine Weile und verabschiedeten uns dann. »Findet ihr nicht auch«, sagte ich, als wir den Garten verließen, »dass sich Frau Meier merkwürdig verändert hat?«

»Ich schon«, sagte Michael, »sie scheint gar nicht richtig hinzuhören, wenn wir etwas sagen.«

Irgendetwas war anders als sonst. Wir spürten das ganz deutlich, aber wir konnten uns nicht erklären, was das war . . .

8

Am nächsten Tag fing die Schule wieder an. Uns fiel auf, dass fast alle Schüler größer geworden waren und sich verändert hatten. Thomas hatte die Haare erneut geschoren und sah furchtbar aus. Seine Ohren kamen mir vor, als seien sie zu Weißkohlblättern ausgewachsen. In der Pause winkte er Aline zu sich und bot ihr eine Zigarette an. Aline lehnte ab, sie fand das Rauchen blöde. Wir stellten fest, dass es zwei Sorten Jungen gab: jene, die wir als »normal« bezeichneten, mit denen man reden konnte, die sich für vieles interessierten, und dann die anderen, die laut grölend mit einem Fußball rumbolzten und erzählten, dass sie schon Bier tranken oder im Warenhaus geklaut hatten. Es gab auch eine Sorte Mädchen, die auf solchen

Quatsch reinfiel. Das waren genau die Mädchen, die sich bei uns in der Klasse die Nägel grün oder blau färbten und nur »Bravo« lasen. Die wiederum fanden es kindisch, dass wir uns nur für Pferde interessierten. In Wirklichkeit stimmte das gar nicht: Wir interessierten uns für eine ganze Menge anderer Dinge. Aber wie sollten wir ihnen das klarmachen? Manchmal kam es mir vor, als würden wir nicht mehr die gleiche Sprache sprechen . . .

Thomas tat mir Leid. Ich spürte, dass er im Grunde gerne mit uns gegangen wäre, aber nach der Sache mit Gossip traute er sich wohl nicht mehr so recht an uns heran. Er hatte Angst, dass wir über ihn grinsen würden . . .

Am Mittwochnachmittag gingen wir wie gewohnt zum Reiten. Lea hatte von ihren Eltern eine echte Reithose geschenkt bekommen. Wir anderen ritten nur in Jeans und waren sehr beeindruckt. Lea hatte auch schon für die dazugehörigen Reitstiefel zu sparen begonnen.

In der Nacht hatte es geregnet und es war kalt. An den Bäumen zeigten sich schon die ersten gelben Blätter. Herr Meier erwartete uns vor der Haustür. Auch er hatte sich verändert. Er war noch dünner geworden und hielt die Schultern vornüber gebeugt, was ihm Ähnlichkeit mit einer ausgetrockneten Bohnenschote verlieh. Sein Gesicht war finster und die Falten um seinen Mund hatten sich vertieft: »So, da seid ihr ja! Habt ihr die Ferien gut überstanden?«, fragte er müde.

»Die Pferde haben uns sehr gefehlt«, sagte Aline.

Herr Meier nagte düster an seiner Pfeife.

»Es war heute Morgen sehr feucht draußen«, sagte er. »Die Pferde sind noch im Stall.«

»Dürfen wir sie ausreiten?«, fragte ich.

Er nickte. »Ja, das wird ihnen gut tun. Geht schon mal hin und sattelt sie. Ich komme gleich nach.«

»Der sieht seltsam aus«, flüsterte Aline, als wir in den Stall gingen.

»Vielleicht ist er krank gewesen«, meinte Lea.

»Ich glaube eher, er hat Sorgen«, sagte Michael. »Seine Frau hat das letzte Mal auch schon so ein komisches Gesicht gemacht . . .«

»Vielleicht hat er während der Ferien überhaupt keine Einnahmen mehr gehabt«, sagte ich. »Es kostet eine ganze Menge Geld, die Pferde zu unterhalten . . .«

Wir stießen die Stalltür auf. Der vertraute Geruch von Heu, Stroh und warmem Pferdefell schlug uns entgegen. Das Licht fiel schräg durch die vergitterten Fenster. Die Tiere hatten uns kommen hören. Sie hoben den Kopf und schnupperten. Als wir das Zaumzeug vom Haken nahmen, stieß Donnervogel ein raues Wiehern aus, Derby begann wild auf den Boden zu stampfen, und Gossip wiegte sich hin und her, während Meteor sich begnügte, würdevoll mit den Ohren zu spielen.

»Die meinen, wir bringen ihnen wieder was zu fressen mit«, sagte Michael.

Lea hatte einige Stücke Salz in der Tasche. Wir verteilten sie an die Pferde, bevor wir ihnen Satteldecke und Sattel auflegten. Gerade zogen wir den Gurt an, als Herr und Frau Meier in den Stall traten. Eine Weile standen sie stumm da. Frau Meier trug einen Wollschal um ihre Schultern und knotete ihn dauernd auf und zu.

Herr Meier stopfte umständlich seine Pfeife. Schließlich räusperte er sich und sagte: »Wir haben euch etwas mitzuteilen. So Leid es uns tut, aber wir glauben kaum, dass ihr noch weiterhin bei uns reiten könnt . . .«

Wir starrten ihn an. Mein Herz begann heftig zu klopfen und ich spürte, dass die anderen genauso sprachlos waren wie ich.

»Wollen Sie damit sagen«, stammelte ich betroffen, »dass Sie uns Ihre Pferde nicht mehr anvertrauen wollen?«

Herr Meier schüttelte den Kopf. »Davon ist keine Rede!«

Wieder schwieg er und blickte auf seine schmutzigen Stiefel. Frau Meier seufzte und zog ihren Schal bis ans Kinn hoch.

Dann fuhr Herr Meier mit tonloser Stimme fort: »Unsere Reitschule hat nicht den gewünschten Erfolg gehabt. Zuerst waren wir zuversichtlich und kauften in schneller Folge die vier Pferde. Doch inzwischen haben wir einsehen müssen, dass sich das Unternehmen nicht gelohnt hat. Der Unterhalt der Pferde ist zu kostspielig geworden. Wir können für ihre Verpflegung im kommenden Winter nicht mehr aufkommen . . .«

Frau Meier fügte mit traurigem Lächeln hinzu: »Die Leute scheinen sich im Allgemeinen nur wenig für den Reitsport zu interessieren . . .«

Doch mit dieser Erklärung wollte ich mich nicht zufrieden geben.

»Ich glaube nicht, dass das stimmt!«, rief ich aufgeregt. »Es gibt bestimmt viele Leute, die gerne reiten würden!«

»Dann möchte ich wissen, warum sie von der Gelegenheit keinen Gebrauch gemacht haben«, antwortete Frau Meier und löste wieder den Knoten in ihrem Schal auf.

Ich schluckte und stieß gepresst hervor: »Und . . . was wird jetzt?«

Herr Meier hob hilflos die Schultern. »Es bleibt uns nichts anderes übrig, als die Tiere zu verkaufen.«

»Waaas?«, schrie Lea.

Wir waren wie vor den Kopf geschlagen. Michael presste die Lippen zusammen. Er war ganz bleich geworden. »Aber . . . an wen denn?«

Herr und Frau Meier tauschten einen Blick. Beide sahen verlegen und sehr unglücklich aus. Dann sagte Frau Meier leise, fast wie zu sich selbst: »Für Gossip und Derby gibt es keine Schwierigkeiten, sie zu verkaufen. Wir kennen einen Bauern, der sich für die beiden interessiert. Aber Donnervogel und Meteor sind schon ziemlich alt. Sollten wir für sie keinen Käufer mehr finden, sind wir gezwungen . . .« Sie zögerte, biss sich auf die Lippen und fügte mit zitternder Stimme hinzu: ». . . sie ins Schlachthaus zu geben!«

Einige Sekunden lang standen wir wie versteinert

da. Wir konnten keinen klaren Gedanken fassen. Dann brach der Entrüstungssturm los.

»Ins Schlachthaus sollen sie?«, kreischte Lea, während Aline rief: »Donnervogel und Meteor sollen getötet werden?«

Und ich schrie lauter als alle anderen: »Aber das ist ja Mord!«

Nur Michael sagte nichts. Er schien so verdattert zu sein, dass er keinen Ton über die Lippen brachte.

Frau Meier zog ihren Schal noch enger um sich, während ihr Mann mit hängendem Kopf dastand. Er sagte mit rauer Stimme: »Glaubt ihr, es fällt uns leicht . . .? Wir sind genauso verzweifelt wie ihr, denn auch wir möchten gerne unsere Tiere behalten. Aber wir können sie beim besten Willen nicht mehr durchbringen . . .«

»Aber tun Sie alles, was Sie können, damit die Pferde nicht ins Schlachthaus kommen!«, schrie Lea. Sie stellte sich vor Meteor, wie um ihn zu schützen, und das sah komisch aus, weil Lea mit ihrer Brille fast einer dünnen Mücke glich, die vor einem mächtigen Felsblock hin und her schwirrte. Aber keiner hatte Lust zu lachen.

»Lea hat Recht!«, krächzte ich. »Wir . . . wir wollen nicht, dass Sie die Pferde ins Schlachthaus geben!«

»Ich fürchte, wenn wir keinen Käufer finden, wird uns schließlich nichts anderes übrig bleiben«, antwortete Frau Meier mit erstickter Stimme.

Plötzlich wandte sie sich um und lief aus dem Stall. Ich sah, wie ihr die Tränen aus den Augen stürzten.

Eine Weile lang sagte keiner ein Wort. Herrn Meiers Gesicht war starr. Schließlich räusperte er sich, sah auf seine Armbanduhr und raunte düster: »Na ja . . . da kann man nichts machen; man muss es eben hinnehmen, wie es ist! Wenn ihr jetzt noch euren Ausritt machen wollt, dann ist es Zeit . . .«

Wir zogen unsere Pferde am Halfter aus den Boxen, führten sie aus dem Stall und schwangen uns in den Sattel. Niemand sprach ein Wort. Der Gedanke, dass unsere Reitstunden in den allernächsten Tagen für immer zu Ende sein sollten, wollte uns einfach nicht in den Kopf. Stumm und verzweifelt ritten wir über den Landweg. Nasse Zweige schlugen uns ins Gesicht. Die Bäume hingen voll reifer Äpfel; hie und da fiel einer mit dumpfem Klatschen auf den Boden. Wir fühlten uns sterbenselend.

Ich fand als Erste die Sprache wieder. »Kaum

vorzustellen, dass aus Donnervogel und Meteor womöglich Steaks gemacht werden!«

»Es ist besser, du redest nicht davon, sonst falle ich noch aus dem Sattel!«, stöhnte Lea. Sie war schon ganz grün im Gesicht.

Aline schüttelte erregt ihren Wuschelkopf. »Und was wird aus Derby und Gossip? Ob man sie vielleicht vor einen Karren spannen will?«

»Womöglich wird Gossip von einem Typ geritten, der überhaupt nichts von Pferden versteht und glaubt, sie sei wild und verzogen«, sagte Michael finster.

»Ich kann mir das Leben ohne Pferde überhaupt nicht mehr vorstellen!« Lea kamen fast die Tränen. »Und ausgerechnet jetzt muss das passieren, wo ich die Reithose gekriegt habe!«

Eine Weile lang ritten wir schweigend und wälzten finstere Gedanken. Der nasse Boden gab unter den Hufen mit saugendem Geräusch nach.

Plötzlich schnippte Michael mit den Fingern. Sofort spitzte Gossip die Ohren und schien mitzuhören.

»Mir ist gerade eine Idee gekommen!«, rief er. »Wir müssen versuchen den Meiers zu helfen!«

Den anderen blieb der Mund offen und ich starrte

ihn voller Bewunderung an. Endlich einmal jemand, der nicht nur jammerte, sondern ans Handeln dachte!

»Aber wie denn?«, rief ich.

Michael war jetzt nicht mehr bleich, sondern rot. Die Worte sprudelten nur so aus ihm heraus. »Frau Meier hat gesagt, dass sich die Leute zu wenig für den Reitsport interessieren würden. Das kommt aber nur daher, weil ihnen von Meiers Reitschule überhaupt nichts bekannt ist. Alles, was die Meiers brauchen, ist ein bisschen Reklame. Wie wär's, wenn wir das übernehmen würden?«

»Michael, du bist ein Genie!« Leas Brillengläser blitzten. »Aber wie stellst du dir das denn vor?«

»Wir müssen mit Frau Walter sprechen!«

Die Antwort kam von mir.

Frau Walter, die Klassenlehrerin, war bei den Schülern besonders beliebt. Vielleicht kam das daher, weil sie von ganzem Herzen über Dinge lachen konnte, die andere Lehrer nur mäßig oder überhaupt nicht komisch fanden. Aline war sofort Feuer und Flamme.

»Klasse! Wenn wir Frau Walter rumkriegen, ist die Sache so gut wie geschafft!«

»Ich schlage vor«, sagte Michael, »dass wir morgen schon eine halbe Stunde früher in die Schule gehen, um noch vor dem Unterricht mit ihr die Angelegenheit zu besprechen.«

Unsere Augen leuchteten in hoffnungsvoller Übereinstimmung. Wir waren plötzlich wieder voller Zuversicht.

Die folgende Idee kam wieder von Michael. »Wir könnten die Klasse auch zu einer Sammlung aufrufen. Alle, die nicht beim Reiten mitmachen, müssten einen kleinen Geldbetrag spenden.«

»Aber nur in einer einzigen Klasse zu sammeln, das genügt bestimmt nicht«, warf ich ein. »Das müssten wir schon in der ganzen Schule machen.«

»Wenn Frau Walter uns grünes Licht gibt, können wir da viel erreichen«, meinte Lea. Sie klopfte Meteors Hals und murmelte zärtlich: »Reg dich nicht auf, Alter! Wir werden alles versuchen, um dich zu retten!«

»Der regt sich überhaupt nicht auf«, sagte ich gereizt. »Du regst dich auf!«

Lea warf mir einen schiefen Blick zu. »Du nicht?«

»Heute Abend müssen wir mal unser Taschengeld zählen«, nahm Michael das Gespräch wieder auf. »Vielleicht kommt da schon etwas zusammen . . .«

»Ich habe fast nichts gespart . . .«, gestand Aline kleinlaut. »Es waren ja Ferien . . .«

»Ich auch nicht!«, seufzte ich. Ich war nicht besonders sparsam veranlagt.

Michael fuhr fort: »Aber Vorsicht! Wir dürfen Meiers heute noch nichts verraten. Wenn die Sache nämlich nicht klappt, wird ihre Enttäuschung umso größer sein . . .«

»Aber warum sollte denn da etwas schief gehen?«, rief ich entrüstet. »Schließlich geht es darum, zwei Pferden das Schlachthaus zu ersparen.«

Michael sah mich an und nickte. »Ja!« sagte er mit Nachdruck: »Unser Plan muss gelingen!«

9

Im Dämmerlicht kam ich nach Hause. Aufgeregt drückte ich auf den Liftknopf und fuhr in den vierten Stock. Mama öffnete mir die Tür. Heute war ihr Waschtag gewesen und sie überzog gerade die Betten neu.

»Was hast du denn?«, fragte sie verwundert. »Du siehst ja ganz aufgelöst aus!«

Ich atmete keuchend. »Es ist . . . etwas Furchtbares passiert!«

»Etwas Furchtbares?« Mama starrte mich an. »Um Himmels willen, ist jemand vom Pferd gestürzt?«

Das war mal wieder typisch! Ich schüttelte ungehalten den Kopf. »Vom Pferd ist niemand gestürzt. Aber Donnervogel und Meteor . . . die sollen ins Schlachthaus!«

»Aber das ist doch nicht möglich!« Mama warf ihr blondes Haar aus der Stirn und machte ein entsetztes Gesicht. »Die armen Tiere!«

Während ich erzählte, wurde der Schlüssel im Schloss gedreht und Papa kam herein. Er hatte die Wäsche abgenommen und stellte den Korb in die Küche. Er sah mich an und grinste. »Du, deine Pullis sind alle eingegangen.« Er nahm einen aus dem Korb und hielt ihn vor mich hin. »Oder bist du vielleicht in den Ferien so gewachsen?«

»Ich glaube eher, sie ist gewachsen«, sagte Mama, in Gedanken versunken. »Sie muss wohl wieder neue Sachen haben. Morgen werde ich mit ihr in die Stadt gehen.«

»Aber ich will keine neuen Pullis!«, schrie ich. »Ich möchte lieber das Geld!«

Papa runzelte die Stirn. »Was soll denn das schon wieder heißen?«

»Es geht um die Pferde!«, rief ich und erzählte die ganze Geschichte von neuem. Da ich langsam Übung hatte, wurde es hoch dramatisch. Fast klang es so, als stünde schon der Pferdemetzger mit blutbefleckter Schürze und scharf geschliffenem Messer vor den Boxen!

»Morgen wollen wir für die Meiers in der Schule

Reklame machen, damit alle Schüler reiten kommen! Und wenn das nichts nützt . . . dann . . . dann gehen wir hausieren!«

Ich rannte in mein Zimmer und nahm meinen blauen Sparelefanten von der Kommode. Es klimperte kaum etwas darin . . . Ich zog den Verschluss heraus. Einige Münzen fielen in meine Handfläche.

Papa stand an der Türschwelle und schüttelte den Kopf mit nachsichtigem Spott. »Davon könnte Herr Meier nicht einmal ein Meerschweinchen satt kriegen . . .«

Ich nahm kaum wahr, dass die Eltern einen Blick tauschten. Dann wandte Mama sich um und ging aus dem Zimmer. Ich starrte auf die paar schäbigen Münzen und hätte vor Verzweiflung heulen können. Das ganze Unternehmen schien mir plötzlich hoffnungslos. Wir würden die Pferde wohl doch nicht retten können!

Während ich noch so dastand, kam Mama wieder herein, um Wäsche in meinen Schrank zu legen. Im Vorbeigehen zog sie einen Geldschein aus der Hosentasche, reichte ihn mir und sagte im beiläufigen Ton: »Papa und ich spendieren euch das . . ., um euch einen guten Start zu ermöglichen!«

Das war zu viel: Jetzt heulte ich tatsächlich, und

zwar vor Glück! Ich flog beiden um den Hals, umklammerte sie wie ein Affe einen Baumstamm und konnte kaum noch atmen.

Papa befreite sich lachend aus meiner überschwänglichen Umklammerung. »Hör auf uns zu erwürgen! Ich muss die Waschküche noch sauber machen! Komm mit, du kannst mir helfen.«

»Und einen neuen Pulli bekommst du auch«, fügte Mama hinzu. »Ich will nicht, dass du dir die Nieren erkältest.«

Von Romantik war dabei keine Rede. Aber eines war sonnenklar: Ich hatte die tollsten Eltern der Welt!

Am nächsten Morgen trafen wir uns – wie abgemacht – eine halbe Stunde früher am Kiosk. Ich hatte meinen blauen Sparelefanten mitgenommen. Wir steckten alles Taschengeld hinein, das wir bei uns hatten, und es klimperte jetzt schon ganz schön einladend! Ich erfuhr, dass die anderen Eltern auch nicht kleinlich gewesen waren. Das gab uns Mut und überzeugte uns, dass wir auf dem richtigen Weg waren. Im Grunde war es ja wirklich lächerlich, dass zwei Pferde nur des dummen Geldes wegen ihr Leben lassen sollten!

Wir hatten vielleicht zehn Minuten im Schulhof

gewartet, als Frau Walters gelber Peugeot auf dem Parkplatz hielt. Frau Walter stieg gähnend aus. Sie war ein Nachtmensch und hatte morgens immer Mühe, richtig wach zu werden.

Ihr braunrotes Haar kringelte sich in lustigen Locken und sie hatte mandelförmige Augen. Sie trug am liebsten Schlabberpullis, Jeans und indische Schals in rosa und lila Farben. Wir fanden, dass ihr das sehr gut stand.

Als sie uns sah, blieb sie stehen, gähnte und fragte: »Was wollt ihr denn schon so früh hier?«

Alle schauten auf mich. Da ich das frechste Mundwerk hatte, erwarteten die anderen natürlich von mir, dass ich als Erste reden würde, was ich dann auch tat.

»Frau Walter, können wir Sie wohl einen Augenblick sprechen?«

»Das scheint ja wirklich dringend zu sein.« Sie lächelte uns an. »Gehen wir schon in die Klasse, da werden wir noch eine Weile ungestört sein.«

Sie führte uns in das Klassenzimmer, legte ihre Hefte auf den Tisch und knöpfte ihre dicke Strickjacke auf. Dann sah sie uns erwartungsvoll an. »Nun?«

»Wir . . . wir haben unseren Mitschülern eine

wichtige Mitteilung zu machen«, platzte ich heraus. »Es geht um Leben oder Tod!«

»Tatsächlich?«, fragte Frau Walter.

Ihre Stimme klang ein bisschen spöttisch, aber das warme Lächeln, das um ihre Augen spielte, gab mir Mut. Die Geschichte, die ich erzählte, wurde immer dramatischer: Jetzt schmorten Donnervogel und Meteor schon in der Bratpfanne, während Gossip und Derby erschöpft und schaumbedeckt einen Karren voller Zuckerrüben zogen! Wenn ich stockte, weil mir die Puste ausging, redeten die anderen weiter.

Zum Schluss quasselten wir alle durcheinander, so laut, dass sich Frau Walter die Ohren zuhielt und rief: »Halt, halt, nicht so schnell! Sonst kann ich euch ja kaum noch folgen . . .«

Wir schwiegen und schnappten nach Luft. Frau Walter sah uns nachdenklich an, aber das Lächeln leuchtete noch immer um ihre Augen. »Ihr wollt also die Pferde retten. Das ist ein gutes Vorhaben.«

»Wir möchten für die Reitschule Werbung machen«, sagte Michael. »Die Schüler, die sich nicht fürs Reiten interessieren, sollen durch eine Geldspende unseren Plan unterstützen.«

Ich schüttelte meinen blauen Elefanten.

»Gar nicht übel! Da mache ich auch mit«, sagte Frau Walter. Sie zückte ihr Portmonee und steckte einen Geldschein in den Schlitz. Wir wurden rot und stotterten: »Herzlichen Dank!«

Etwas Gescheiteres fiel uns nicht ein, doch Frau Walter fuhr fort: »Mit einer Geldspende ist eurem Reitlehrer nur vorübergehend geholfen. Was er braucht, sind regelmäßige Einnahmen, damit er seine Pferde auch weiterhin unterhalten kann.«

Sie dachte einen Augenblick nach. Unser Herz hämmerte wie ein Presslufthammer.

»Also gut«, entschied sie. »Ich werde beim Lehrerkollegium die offizielle Erlaubnis einholen. Reiten ist ein guter Sport. Er bringt uns mit der Natur und mit den Tieren zusammen. Er lehrt uns Mut, fordert Ausgeglichenheit und Geistesgegenwart.«

»Können Sie auch reiten?«, fragte Lea strahlend.

Frau Walter lächelte. »Ein bisschen!«

»Dann kommen Sie doch auch!«, rief ich begeistert.

»Ich muss mir das einmal überlegen«, sagte Frau Walter. »Wie wollt ihr die Sache denn aufziehen?«, fügte sie hinzu.

Wir tauschten einen Blick. Mit roten Köpfen rollten Aline und Michael ein Spruchband auf, das sie mitgebracht hatten. Darauf war mit leuchtender Farbe ein großer Pferdekopf gemalt. »Lernt reiten!« stand darunter geschrieben. Michael hatte das Spruchband selbst entworfen und wir fanden es sehr gelungen.

Auch Frau Walter schien beeindruckt. »Da habt ihr euch aber viel Mühe gegeben!«

Im Schulhof lärmten und schrien die Schüler. Bald würde der Unterricht beginnen.

Frau Walter stand auf. »Ich werde mit meinen Kollegen sprechen und hoffe, dass ihr auch mit den anderen Klassen sprechen könnt. Ich wünsche euch viel Erfolg!«

Es läutete einige Minuten später. Die Schüler drängten sich durch die Klassenzimmertür, stießen sich und schrien durcheinander. Wir schoben uns steif und stumm an unsere Plätze. Ich hatte vor Aufregung nasse Hände. Michael kaute an seinem Kugelschreiber und merkte nicht, dass er eine schwarze Zunge bekam. Aline sah aus, als müsse sie zur Toilette und Lea wischte sich dauernd die Brillengläser ab.

Frau Walter trat mit kurzer Verspätung ins Klassenzimmer. Eigentlich hatten wir jetzt Englischstunde und die Schüler schlugen ihre Aufsatzhefte auf. Aber Frau Walter sagte: »Bevor wir mit dem Unterricht beginnen, werden euch einige Mitschüler über ein persönliches Erlebnis berichten. Sie haben dafür meine ausdrückliche Erlaubnis eingeholt. Übrigens unterstütze ich die Aktion.« Sie gab uns ein Zeichen. »Also, fangt an!«

Im Schulzimmer herrschte erwartungsvolle Stille. Ich stand mit wackeligen Knien auf und trat vor die Klasse. Aline und Michael folgten mir mit dem zusammengerollten Spruchband. Lea hielt meinen blauen Sparelefanten in der Hand, den sie feierlich auf den Lehrertisch stellte. Vierundzwanzig Augenpaare folgten gespannt jeder unserer Bewegungen. Mein Blick begegnete den Glotzaugen von Thomas. Ich dachte: Bei dem ist sowieso nichts zu machen, der denkt ja nur an seinen Fußball!

Ich hatte unheimliches Lampenfieber. Klar, ich hatte schon einmal einen Vortrag über das Leben der Ameisen gehalten, aber da konnte ich alles ablesen. Meine Kehle war völlig ausgetrocknet, ich hatte überhaupt keine Spucke mehr im Mund. Nimm dich zusammen!, dachte ich schließlich und schoss los. Am Anfang stotterte ich natürlich und mein italienischer Akzent kam wieder zum Vorschein. Einige grinsten und ich hätte sie am liebsten angefaucht, aber ich zwang mich zur Ruhe. Ich erzählte von den Reitstunden und von unseren Erlebnissen mit den Pferden. Zum Schluss wurde ich immer selbstsicherer und brachte sogar einige hochdramatische Sätze zu Stande.

»Und jetzt sind plötzlich unsere vierbeinigen Freunde in großer Gefahr. Herr Meier hat zu wenig Schüler und verdient deshalb nicht genügend Geld, um die Pferde auch weiterhin unterhalten zu können. Aus diesem Grund ist er gezwungen die Tiere wegzugeben. Zwei der Pferde werden von einem Bauern gekauft. Die beiden anderen sind schon zu alt, um noch einen Käufer zu finden. Wisst ihr, was mit denen passiert?« Hier schaltete ich eine effektvolle Pause ein. Alle starrten mich an. Die Schüler hingen – wie man so schön sagt – an meinen Lippen.

». . . sie sollen ins Schlachthaus kommen!«, beendete ich düster meine Rede.

Ein empörtes Murmeln ging durch die Klasse. Die Schüler wechselten bestürzte Blicke.

»Das ist gemein!«, rief Doris aus der ersten Reihe.

David, der neben ihr saß, bekräftigte entrüstet:

»Schließlich sind Pferde doch nicht dafür da, gegessen zu werden . . . dafür gibt's doch Rinder!«

»Rinder zu schlachten ist genauso gemein!«, schrie eine Stimme aus dem Hintergrund.

Ein Mädchen rief: »Und die armen Schweine und Kälber, die mit Hormonspritzen großgezogen werden, davon redet kein Mensch!«

»Und die Batteriehühner, ist das nicht furchtbar?«, ließ sich ihre Nachbarin vernehmen.

Ein Junge sagte: »Ich finde das sowieso zum Kotzen, dass Tiere sterben müssen, nur damit die Leute sie essen. Man könnte doch genauso gut von Gemüse leben!«

Worauf Thomas entgegnete: »Fleisch schmeckt doch gut! Du isst garantiert auch dein Schnitzel, wenn es dir mit Pommes frites vorgesetzt wird!«

Alle redeten aufgeregt durcheinander. Ich sah, wie Frau Walter die Diskussion aufmerksam verfolgte. Aber wir kamen vom eigentlichen Thema ab und so stampfte ich mit dem Fuß auf und brüllte: »Ruhe! Den Schweinen und Kälbern können wir nicht helfen, den Rindern auch nicht! Aber wir wehren uns dagegen, dass Tiere, die wir gerne haben, die unsere Freunde sind, in Schnitzel verwandelt werden . . . gleich, ob mit oder ohne Pommes frites!«

Ich gab Michael und Aline ein Zeichen. Sie rollten ihr Spruchband auf und befestigten es an der Wandtafel. Alle schwiegen beeindruckt.

Ich fuhr fort: »Donnervogel und Meteor könnte durch euch geholfen werden: Ihr müsst nur reiten lernen, das ist alles!«

»Wie viel kostet denn das?«, fragte ein Mädchen, das Tatjana hieß.

»Das ist gar nicht so teuer« Ich nannte den Betrag. »Und wenn sich sehr viele Schüler anmelden, wird uns Herr Meier den Preis bestimmt noch ermäßigen.« Ich schwenkte meinen Sparelefanten. »Diejenigen von euch, die nicht reiten lernen wollen, bitten wir, einen kleinen Betrag zu spenden, damit Herrn Meier vorerst über das Schlimmste hinweggeholfen wird.«

Ich reichte den Sparelefanten Lea. Sie ging durch die Klasse.

Fast alle Schüler wühlten in ihren Jeanstaschen oder im Portmonee und ließen ein Geldstück in den Schlitz fallen. Wir waren sehr gerührt. Es war herrlich, zu spüren, dass die ganze Klasse zusammenhielt!

Dann meldete sich Martina, die Klassensprecherin. »Die meisten von uns möchten sicherlich gerne reiten«, sagte sie. »Aber was sollen wir tun, wenn die Eltern dagegen sind?«

Die ewige Frage! Aber diesmal war ich vorbereitet. »Unsere Eltern haben auch lange überlegt, bevor sie uns die Erlaubnis gaben. Heute sind sie überzeugt, dass das Reiten der idealste Sport ist, den es gibt. Er . . . er bringt uns mit der Natur und den Tieren zusammen, lehrt uns Ausgeglichenheit und Mut!«

Ich hatte, ohne darüber nachzudenken, Frau Walters Worte geklaut. Als ich ihr einen flüchtigen Seitenblick zuwarf, sah ich, dass sie sich ein Lächeln verkniff.

»Sandra und ihren Freunden kann ich nur zustimmen«, sagte sie. »Ihre Hilfsaktion findet meine volle Unterstützung. Sie erhielten von den anderen Lehrern ebenfalls die Erlaubnis, in ihren Klassen über das Schicksal der Pferde zu berichten.« Sie legte mir die Hand auf die Schulter und fügte hinzu: »Bravo! Ihr habt eure Sache gut gemacht!«

Alle klatschten Beifall, trampelten mit den Füßen, grölten und pfiffen. Wir waren die Helden des Tages.

Doch das war erst der Anfang. Ich hielt meinen Vortrag in allen fünf Klassen. Hinterher konnte ich nur noch krächzen. Ich hatte erwartet, dass die anderen ebenfalls mal reden würden, aber die wollten nicht. Alle sagten, ich könnte das am besten. Aline und Michael begnügten sich damit, ihr Spruchband zu schwenken, und Lea ging mit dem Sparelefanten durch die Klassenzimmer. Das war alles. Ich musste reden und reden. In der Pause nahm mich Frau Walter mit ins Lehrerzimmer und gab mir ein großes Glas Himbeersirup zu trinken. Ich hatte das verdammt nötig!

Unsere Hilfsaktion wurde ein Riesenerfolg! Eine große Anzahl der Schüler würde noch heute zu Hause fragen, ob sie Reitstunden nehmen durfte. Da wir die Unterstützung der Lehrer hatten, hoffte ich, dass viele Eltern einverstanden sein würden. Auf dem Heimweg waren wir trotz des grauen Herbsthimmels voller Zuversicht. Das Laub wurde gelb, in den Straßen standen Pfützen, aber in unserem Herzen leuchtete der schönste Sonnenschein! Mein blauer Sparelefant war voller Münzen; er wog mindestens fünfmal so viel wie sonst und man hörte kaum noch das Geld klimpern!

An der Kreuzung quietschten plötzlich Räder und ein Fahrrad bremste am Straßenrand. Auf dem

Fahrrad saß Thomas. »Na«, rief er, »habt ihr reiche Beute gemacht?«

»Was geht denn dich das an?«, gab ich zurück.

Thomas radelte im Zickzack neben uns her, mal auf dem Fußweg, mal auf der Straße. »Ich hab mir's überlegt«, sagte er. »Ich will auch noch mal auf dem Gaul mit dem blöden Namen sitzen . . . wie hieß der denn noch?«

»Gossip?« Michael zog erstaunt die Brauen hoch.

»Gossip, genau!« Thomas grinste von einem Ohr zum anderen. »Ich möchte dem Gaul doch mal zeigen, wer der Stärkere ist!«

»Dann musst du aber zuerst einmal reiten lernen«, sagte Lea.

»Genau das will ich ja!« Thomas sauste haarscharf an einer Frau vorbei, die den Einkaufswagen hinter sich herzog. Die Frau brummte etwas über die »heutige Jugend« und Thomas zischte: »Alte Ziege!«

»Warum hast du dich denn vorhin in der Klasse nicht gemeldet?«, fragte ich bissig.

Thomas wurde rot. Man sah das immer zuerst an seinen Ohren. »Den anderen kann das doch gleich sein!«

Wir wechselten einen Blick. Natürlich! Wir sollten nicht an die große Glocke hängen, dass Gossip ihn abgeworfen hatte.

»Also, damit ihr es genau wisst: Ich komme!«, fuhr Thomas großspurig fort. »Sagt dem Meier, dass er sich auf was gefasst machen kann!«

»In Ordnung!«, rief Michael. »Wir werden's ihm ausrichten!«

Thomas überholte uns, fuhr mit voller Geschwindigkeit über die Straße und verschwand hinter dem Warenhaus. Wir sahen uns an und brachen in Gelächter aus.

»Hättest du dir jemals vorgestellt«, fragte mich Aline, »dass ausgerechnet der sich als Erster melden würde?«

»Nicht mal im Traum!«

Wir fielen aus allen Wolken. Hatten wir Thomas doch unterschätzt?

»Das kommt davon, weil du so überzeugend geredet hast!«, sagte Michael und zwinkerte mir zu, worauf ich verlegen kicherte und zu Boden starrte.

»Nicht nur das«, meinte Lea, die manchmal sehr weise Sprüche von sich gab. »Der hat sich die ganze Zeit vor uns geschämt, weil er von Gossip runtergeflogen ist. Jetzt hat er endlich eine gute

Gelegenheit, zu beweisen, dass er gar nicht so ein blöder Typ ist.«

Michael nickte gedankenverloren. »Gossip wird das schon herausfinden. Wenn sie ihn auf ihrem Rücken duldet, dann kann womöglich noch etwas aus ihm werden . . .«

10

Es meldeten sich im Ganzen achtzehn Schüler, die Hälfte davon waren aus unserer Klasse. Die anderen, die älter oder jünger waren als wir, kannten wir kaum, aber das spielte ja keine Rolle. Hauptsache war, dass Herr Meier seine Schüler bekam! Ich schrieb die Namen und Adressen auf einen Notizblock. Natürlich machten wir uns keine falschen Hoffnungen: Wir wussten, dass sich ein Teil der Schüler nach den ersten Schwierigkeiten im Unterricht und dem Muskelkater entmutigen lassen würde. Aber jene, die durchhielten, würden bestimmt regelmäßig kommen!

Am nächsten Tag war Samstag. Wir und alle Schüler, die sich gemeldet hatten, gingen zu den Meiers. Frau Walter hatte beschlossen uns zu begleiten, um der ganzen Sache so etwas wie einen »offiziellen« Anstrich zu verleihen.

Wir trafen uns alle am Kiosk und machten uns auf den Weg. Das Wetter war regnerisch und kühl. Der Boden war glitschig und die verwelkten Dahlien ließen die Köpfe hängen. Die Pferde waren im Stall. Doch Tommy, der schwarze Cocker, lief uns bellend entgegen, während die Hühner gackerten und gluckten.

Vom Lärm angelockt, erschienen Herr und Frau Meier mit verblüfftem Gesicht an der Haustür. Wie kam diese johlende Horde dazu, in ihren Garten einzudringen, dachten sie wohl.

Wir winkten ihnen freudestrahlend zu und riefen voller Stolz: »Das sind unsere Mitschüler!«

»Wollt ihr ihnen eure Reitkünste vorführen?«, fragte Herr Meier stirnrunzelnd. Seine Frau hatte einen sorgenvollen Blick: Sie sah uns wohl schon im Geiste ihren Salat zertrampeln!

»Die wollen alle selbst reiten!«, rief Aline und hüpfte vor Freude. »Sogar unsere Lehrerin ist mitgekommen!«

Frau Walter stellte sich vor und schüttelte Herrn und Frau Meier die Hand. »Die vier da«, sagte sie und zeigte auf uns, »haben in der Schule von den

Pferden erzählt und in allen Klassen für Ihre Reitstunden geworben.« Sie lachte und fügte hinzu: »Jetzt, wo ich das Gelände sehe, muss ich gestehen, dass ich auch Lust bekomme, mitzumachen!«

Beifall und Händeklatschen ertönte von allen Seiten. Ich sah, wie Herr und Frau Meier einen Blick wechselten. Sie konnten vor Rührung kaum sprechen. Jemand rief: »Die Pferde? Wo sind denn die Pferde?«

Wir rannten zum Stall, die ganze Horde hinterher, und Tommy bellte aus Leibeskräften. Die Schüler zwängten sich durch die Tür, drängten und stießen sich. Die Pferde in den Boxen hoben die Köpfe. Sie wichen zur Seite, ließen die Ohren spielen und blähten die Nüstern, während Schauer über ihre Flanken rieselten.

»Die haben ja Angst!«, rief Tatjana.

»Das ist nur, weil sie euch noch nicht kennen«, sagte ich. Ich zeigte der Reihe nach auf die Tiere, während ich sie vorstellte: Donnervogel, Gossip, Derby und Meteor.

Thomas stellte sich großspurig vor Gossip und rief: »Das ist mein Pferd!«

»Wieso dein Pferd?«, fuhr David ihn an.

»Ich habe das Vieh schon einmal geritten«, sagte Thomas selbstgefällig. »Es hat einen wundervollen Trab.«

Wir sahen uns an und verdrehten die Augen. Er konnte das Angeben einfach nicht lassen.

»Aber was nun?«, fragte Martina. »Es stehen uns ja nur vier Pferde zur Verfügung, und wir sind mehr als zwanzig!«

»Wir werden für jeden Reiter Termine abmachen«, sagte Herr Meier, der hinter uns in den Stall getreten war. »Mehr als vier Schüler auf einmal kann ich nicht unterrichten.«

»Dann kaufen Sie doch ganz einfach noch ein paar Pferde dazu«, sagte Aline mit drolligem Augenaufschlag.

Herr Meier lachte und legte ihr die Hand auf die Schulter. »Wenn das so weitergeht, Mädchen, kann das tatsächlich auch der Fall sein!«

Jetzt trat ich mit meinem blauen Sparelefanten vor.

Alle schwiegen. Herr und Frau Meier starrten mich verwundert an.

Frau Walter ergriff lächelnd das Wort. »Wir möchten Ihnen bei dieser Gelegenheit ein kleines Geschenk überreichen. Die Kinder haben in den Klassen zu einer Geldsammlung für die Reitschule aufgerufen. Hier ist der Betrag.«

Feierlich übergab ich Herrn Meier die Spardose. Natürlich hätte ich was dazu sagen müssen, aber das Einzige, was ich hervorbrachte, war: »Den Elefanten können Sie gerne behalten!«

Jetzt sah ich tatsächlich, wie Herr und Frau Meier mit den Tränen kämpften. Sie schluckten, bissen sich auf die Lippen und waren ganz verwirrt.

Schließlich sagte Frau Meier: »Aber wir können das doch nicht einfach so annehmen . . .«

Ich warf Frau Walter einen Hilfe suchenden Blick zu. Sie legte mir den Arm um die Schulter und sprach: »Wir freuen uns, Ihnen diesen Betrag im Namen aller Pferdefreunde überreichen zu dürfen.«

»Und wenn wir jetzt alle Reitstunden nehmen, wird Ihre Schule ganz berühmt werden!«, krähte Thomas dazwischen. »Vielleicht kommt sie sogar im Fernsehen!«

»Wir wissen nicht, wie wir euch danken sollen«, sagte Herr Meier tief bewegt. »Die Überraschung ist so groß, dass wir keine Worte finden.«

Lea nickte weise und putzte ihre Brille an ihrem Pulli blank. »Das ist immer so, wenn man sehr glücklich ist.«

»Herr Meier«, rief Michael, »glauben Sie, dass Sie Ihre Pferde jetzt behalten können?«

Der Reitlehrer legte ihm die Hand auf die Schulter. »Da bin ich sicher! Wenn das so weitergeht, werde ich sogar alle neuen Anmeldungen zurückweisen müssen. Die Pferde brauchen ja schließlich auch Zeit, um sich auszuruhen!«

»Können wir heute schon unsere erste Reitstunde nehmen?«, fragte Fränzi, die zu den älteren Mädchen gehörte.

Auf Herrn Meiers bejahende Antwort hin entstand ein Riesengeschrei, weil jeder als Erster reiten wollte. Frau Walter gebot Ruhe und schlug vor, dass das Los entscheiden sollte. Also sammelten wir Strohhalme. Jene, die die kürzesten Strohhalme zogen, sollten als Erste drankommen. Wir vier machten nicht mit, um den anderen ihre Chance zu lassen. Das Los fiel auf Thomas, Fränzi, Tatjana und Christian, einem Jungen aus der Parallelklasse. Wir sattelten schnell die Pferde. Dann ging es zur Koppel. Thomas bestand natürlich darauf, Gossip zu reiten. Fränzi ritt Derby, Tatjana bekam Meteor und Christian wurde Donnervogel zugeteilt. Wir waren alle furchtbar gespannt, wie sich unsere Mitschüler im Sattel aufführen würden. Wir – die Experten – grinsten, als wir sahen, wie die Pferde auf der Koppel langsam im Kreis schritten. Wir hatten das alles schon längst hinter uns!

Ich lehnte neben Michael am Zaun. Wir stützten den Kopf auf die Arme und strahlten uns an. Unsere Hilfsaktion war gelungen!

»Es war im Frühling«, sagte ich träumerisch, »als ich unter dem Zaun durchkroch und zum ersten Mal Donnervogel begegnete. Bald haben wir schon Herbst. Wie die Zeit vergeht!«

»Ich möchte jetzt springen lernen«, sagte Michael.

»Und ich Dressur«, warf Lea, die Perfektionistin, ein.

»Ich weiß was!«, rief Aline. »Im nächsten Frühling veranstalten wir ein Fest, um unser erstes Reiterjahr zu feiern!«

»Das Jahr mit Donnervogel«, fügte ich stolz hinzu.

»Du vergisst Gossip«, warf Michael ein.

»Und Meteor«, sagte Lea.

»Und Derby«, rief Aline.

Da – ein Kreischen ertönte von der Koppel her. Christian war von Donnervogel gefallen und lag mit der Nase im Dreck. Donnervogel stand daneben, streckte mit Unschuldsmiene den Hals vor und blies Christian in den Hemdkragen. Der rappelte sich umständlich wieder auf und wischte sich den Schlamm aus dem Gesicht. Offensichtlich wusste er nicht, ob er lachen oder schimpfen sollte.

Herr Meier kam angerannt und rief: »Hopp! Sofort wieder in den Sattel!«

»Aber warum denn?«, maulte Christian.

»Du musst lernen deinem Pferd zu vertrauen«, erklärte ihm der Reitlehrer.

»Aber wie kann ich denn einem bockigen Gaul vertrauen, der mich gerade abgeworfen hat?«, knurrte Christian.

»Das kommt nur davon, weil du dein Pferd noch nicht beherrschst«, sagte Thomas. Er saß stolz und aufrecht auf Gossips Rücken und kam sich wohl wie Adlerauge persönlich vor.

Christian seufzte abgrundtief und kletterte mühsam wieder in den Sattel.

»Traben! Traben!«, befahl Herr Meier.

Ich hörte ein Hecheln und senkte die Augen. Tommy beschnupperte meine Beine.

Er wusste, dass wir immer etwas zu essen in den Taschen hatten. Er setzte sich auf die Hinterpfoten, winselte und bettelte. Lachend nahm ich ein Stück Zucker heraus und wickelte es aus dem Papier.

Im selben Augenblick weiteten sich Gossips Nüstern. Thomas stieß einen überraschten Aufschrei aus, als sie sich in Bewegung setzte und quer über die Koppel auf uns zu galoppierte.

»Gossip! Was fällt dir denn ein?«, rief Herr Meier streng.

Sie bremste in vollem Lauf, schnaufend wie eine Dampfmaschine, streckte den Hals durch den Zaun und nahm sich seelenruhig das Zuckerstück von meiner Handfläche, während Thomas hilflos am Zügel zerrte.

»Hü! Los!«, schrie er, rot vor Zorn.

»Du musst lernen dein Pferd zu beherrschen!«, sagte ich würdevoll.

»Das blöde Vieh will ja nicht!«, zeterte Thomas, und alles kugelte sich vor Lachen.

Herr Meier kam angelaufen, packte die widerstrebende Gossip am Zügel und führte sie auf die Reitbahn zurück. Thomas saß schimpfend, tobend und hilflos auf ihrem Rücken und rief: »Ich will beides, Fußballspielen und Reiten, das sollte man doch können.«

Michael nickte ihm tröstend zu: »Sie hat dich immerhin nicht abgeworfen. Das ist ein gutes Zeichen.«

»Du wirst es auch noch lernen«, rief Lea Thomas nach.

»Ich frage mich . . .«, begann Aline.

»Was denn . . .?«, wollte ich wissen.

». . . wann wir mal wieder zum Reiten kommen!«, seufzte sie.

Wir wechselten einen Blick. Das war in der Tat eine berechtigte Frage.

»Wir müssen sofort neue Termine abmachen«, sagte Lea.

»Da kommt gerade Herr Meier!«, rief Aline. »Ich will ihn sofort fragen!«

Die beiden liefen ihm entgegen, während Michael und ich am Zaun stehen blieben. Ich schluckte und sagte: »Nur dir ist es zu verdanken, dass Herr Meier seine Sorgen jetzt los ist.«

»Wieso mir?«, fragte er überrascht.

»Du hattest die gute Idee!«

»Aber hast du nicht dafür die tolle Rede gehalten?«

Wir sahen uns an. Plötzlich wurde mir ganz heiß im Gesicht. Ich stammelte: »Ich hab dich lieb!«

Michael wurde genauso rot wie ich. Er holte tief Luft und stotterte verlegen: »Ich . . . ich hab dich auch lieb!«

Er drehte sich um und rannte wie gehetzt davon. Ich weiß nicht, wohin. Ich wäre ihm am liebsten nachgerannt, aber ich schämte mich, das vor allen anderen zu tun.

Jetzt hatte ich ihm endlich gesagt, dass ich ihn liebte! Und er liebte mich auch. Morgen würden wir uns in der Schule wiedersehen. Vielleicht würden wir dann ein Treffen abmachen. Nur Michael und ich, ganz allein.

Meine Knie waren weich wie Pudding. Ich lehnte mich an den Zaun, um nicht hinzufallen. Mein Blick fiel auf Donnervogel, die gleichmütig ihre Runden drehte, während Christian verdreckt und mit verbissenem Gesicht die Zügel hielt.

Eigentlich verdanke ich es Donnervogel, dachte ich, dass Michael und ich zusammengefunden haben.

Ich musste vor lauter Glück ein bisschen übergeschnappt sein, denn plötzlich hatte ich den Eindruck, dass sie mir in stummem Einverständnis zuzwinkerte. Es war, als teilten wir das Geheimnis.

Aber vielleicht war ihr auch nur eine Mücke ins Auge geflogen!

Federica de Cesco

Der rote Seidenschal

Bei ihrer Tante Adele fühlt sich die junge Ann Morrison wie ein Vogel in einem Käfig. Auf einer Zugreise durch Arizona bietet sich ihr unverhofft die Gelegenheit, aus diesem Käfig auszubrechen: Als eine fremde Dame beim Aussteigen aus dem Abteil ihren Seidenschal liegen lässt, läuft Ann ihr kurz entschlossen hinterher und der Zug fährt ohne sie weiter! Ann taucht in eine vollkommen neue, aufregende Welt ein. Durch abenteuerliche Verwicklungen lernt sie bald den Halbindianer Chee kennen ...

208 Seiten. Gebunden.
Ab 12 Jahren

Arena

Federica de Cesco

Sonnen-pfeil

Ann und Chee haben auf einer Pferdefarm eine neue Heimat gefunden. Eines Tages erscheint dort ein seltsamer wilder Hengst, den Ann wegen seiner Farbe "Sonnenpfeil" nennt.
Das wilde Tier entführt eine Stute aus ihrer Herde, und als Ann und Chee sich auf die Suche nach den beiden Pferden machen, geraten sie in Konflikt mit dem Indianerhäuptling Nochalo. Unversehens befinden sie sich im Spannungsfeld zwischen verfeindeten Indianerstämmen einerseits und zwischen Indianern und Weißen andererseits.

256 Seiten. Gebunden.
Ab 12 Jahren

Arena